Inhalt

Der Besuch 9

Die brennende Wand 18

In fremden Gärten 36

Die ganze Nacht 48

Wie ein Kind, wie ein Engel 55

Fado 73

Alles, was fehlt 84

Der Aufenthalt 103

Deep Furrows 110

Das Experiment 128

Der Kuß 139

Er blickte zum Fenster hinaus und sah in einem fremden Garten viele Menschen beisammen, von denen er einige sogleich erkannte.
Johann Wolfgang von Goethe
»Wilhelm Meisters Lehrjahre«, Siebtes Buch

Der Besuch

Das Haus war zu groß. Die Kinder hatten es ausgefüllt, aber seitdem Regina allein darin wohnte, war es größer geworden. Ganz langsam hatte sie sich aus den Räumen zurückgezogen, war ihr ein Zimmer nach dem anderen fremd geworden und schließlich abhanden gekommen.

Nachdem die Kinder ausgezogen waren, hatten sie und Gerhard sich ein wenig ausgebreitet. Vorher hatten sie das kleinste Zimmer im Haus bewohnt, jetzt war endlich Platz für alles, für ein Arbeitszimmer, für ein Näh- und ein Gästezimmer. Dort würden die Kinder schlafen, wenn sie zu Besuch kamen, die Enkelkinder. Aber es gab nur ein Enkelkind. Martina war die Tochter von Verena, die mit einem Schreiner verheiratet war im Nachbardorf. Als Martina klein war, hatte Regina sie ein paarmal gehütet. Aber Verena wollte immer, daß die Mutter zu ihr komme. Auch Otmar und Patrick, Reginas Söhne, blieben nie über Nacht. Lieber fuhren sie spätabends in die Stadt zurück. Schlaft doch hier, sagte Regina jedesmal, aber die Söhne mußten früh zur

Arbeit am nächsten Tag oder fanden sonst einen Grund zu fahren.

Erst hatten die Kinder noch Schlüssel gehabt zum Haus. Regina hatte sie ihnen fast aufgedrängt, die großen alten Schlüssel. Es war selbstverständlich gewesen für sie. Aber mit den Jahren hatte eines nach dem anderen seinen Schlüssel zurückgegeben. Sie hätten Angst, sie zu verlieren, sagten sie, sie könnten ja klingeln, die Mutter sei doch immer zu Hause. Und wenn etwas passierte? Sie wußten ja, wo der Kellerschlüssel versteckt war.

Einmal blieben die Kinder dann doch über Nacht, alle drei, als Gerhard im Sterben lag. Regina hatte sie angerufen, und sie kamen, so schnell sie konnten. Sie kamen ins Krankenhaus und standen um das Bett herum und wußten nicht, was sagen oder tun. Die Nacht über lösten sie sich ab, und wer nicht im Krankenhaus war, war im Haus. Regina bezog die Betten und entschuldigte sich bei den Kindern, weil in Verenas Zimmer die Nähmaschine stand und bei Otmar der große Schreibtisch, den Gerhard für wenig Geld hatte kaufen können, als die Firma neue Büromöbel anschaffte.

Regina hatte sich hingelegt, um sich etwas auszuruhen, aber sie konnte nicht schlafen. Sie hörte die Kinder in der Küche leise reden. Am Morgen gingen sie alle zusammen ins Krankenhaus. Verena schaute immer wieder auf die Uhr, und Otmar, der älteste, telefonierte mit seinem Mobiltelefon, um Termine abzusagen oder zu verschieben. Gegen Mittag starb der Vater, und Regina und die Kinder gingen nach Hause und taten, was zu tun war. Aber schon an diesem Abend fuhren wieder alle. Verena hatte gefragt, ob es in Ordnung sei, ob die Mutter zurechtkomme, und versprach, früh am nächsten Tag dazusein. Regina schaute den Kindern nach und sah, wie sie vor dem Haus miteinander redeten. Sie fühlte sich ihnen ausgeliefert. Sie wußte, worüber sie sprachen.

Nach Gerhards Tod war das Haus noch leerer. Im Schlafzimmer öffnete Regina die Läden tagsüber nicht mehr, als fürchte sie sich vor dem Licht. Sie stand auf, wusch sich und machte Kaffee. Sie ging zum Briefkasten und holte die Zeitung. Das Schlafzimmer betrat sie den ganzen Tag über nicht. Irgendwann, dachte sie, würde sie nur noch das Wohnzimmer und die Küche bewohnen und durch die anderen Räume gehen, als lebten Fremde darin. Dann fragte sie sich, welchen Sinn es überhaupt gehabt hatte, das Haus zu kaufen. Die Jahre waren vorübergegangen, die Kinder wohnten jetzt in ihren eigenen Häusern, die sie nach ihrem Geschmack eingerichtet hatten und die praktischer waren und voller Leben. Aber auch diese Häuser würden sich irgendwann leeren.

Im Garten gab es ein kleines Vogelbad, und im Winter fütterte Regina die Vögel, lange bevor Schnee lag. Sie hängte kleine Fettkugeln in den Japanischen Ahorn, der vor dem Haus stand. In einem sehr kalten Winter erfror der Baum, im nächsten Frühling schlug er nicht mehr aus und mußte gefällt werden. Im Sommer ließ Regina nachts die Fenster im oberen Stock offenstehen und hoffte, ein Vogel oder eine Fledermaus verirre sich in die Räume oder niste sich ein.

Wenn ein Geburtstag zu feiern war, lud Regina die Kinder ein, und manchmal hatten wirklich alle Zeit und kamen. Regina kochte das Mittagessen und wusch ab in der Küche. Sie machte Kaffee. Als sie in den oberen Stock ging, um eine Packung Kaffee zu holen, standen die Kinder da in ihren alten Zimmern wie Museumsbesucher, scheu oder unaufmerksam. Sie lehnten an den Möbeln oder hockten auf dem Fensterbrett und redeten über Politik, über die letzten Ferien, über ihre Arbeit. Beim Essen hatte Regina immer wieder versucht, das Gespräch auf den Vater zu bringen, aber die Kinder waren dem Thema ausgewichen, und schließlich hatte sie es aufgegeben.

Diese Weihnachten war Verena zum erstenmal nicht nach Hause gekommen. Sie verbrachte die Feiertage mit ihrem Mann und Martina in den Bergen, im

Ferienhaus der Schwiegereltern. Regina hatte die Geschenke wie immer auf dem Kleiderschrank im Schlafzimmer versteckt, als könne jemand danach suchen. Sie bereitete das Weihnachtsessen vor. Sie leerte die Abfälle auf den Komposthaufen, auf dem noch ein Rest Schnee lag. Es hatte vor einer Woche etwas geschneit und war seither kalt gewesen, trotzdem war der meiste Schnee verschwunden. Regina versuchte, sich zu erinnern, wann es zum letztenmal weiße Weihnachten gegeben hatte. Dann ging sie wieder ins Haus und stellte das Radio an. Auf allen Kanälen lief Weihnachtsmusik. Regina stand am Fenster. Sie hatte kein Licht gemacht. Sie schaute hinüber zu den Nachbarn. Als sie das Licht schließlich einschaltete, erschrak sie und machte es gleich wieder aus.

An Reginas fünfundsiebzigstem Geburtstag kam die ganze Familie zusammen. Sie hatte alle in ein Restaurant eingeladen. Das Essen war gut, es war ein schönes Fest. Otmar und seine Freundin gingen als erste nach Hause, Patrick ging kurz danach, und dann verabschiedeten sich auch Verena und ihr Mann. Martina hatte ihren Freund mitgebracht, einen Australier, der für ein Jahr als Austauschschüler mit ihr aufs Gymnasium ging. Sie sagte, sie wolle noch nicht heim. Es gab Streit, da sagte Regina, Martina könne doch bei ihr übernachten. Und

ihr Freund? Sie habe ja genug Zimmer, sagte Regina. Sie begleitete Verena und ihren Mann hinaus. »Du paßt auf, daß sie keine Dummheiten macht«, sagte Verena.
Regina ging zurück in die Gaststube und bezahlte die Rechnung. Sie fragte Martina, ob sie noch irgendwo hingehen wolle mit ihrem Freund, sie könne ihr einen Schlüssel geben. Aber Martina schüttelte den Kopf, und der Freund lächelte.
Zu dritt gingen sie nach Hause. Der Australier hieß Philip. Er sprach kaum Deutsch, und Regina hatte seit vielen Jahren kein Englisch mehr gesprochen. Als junge Frau hatte sie ein Jahr in England verbracht, kurz nach dem Krieg, hatte bei einer Familie gewohnt und sich um die Kinder gekümmert. Es war ihr damals gewesen, als käme sie erst richtig auf die Welt. Sie lernte einen jungen Engländer kennen, ging an ihren freien Abenden mit ihm in Konzerte und in Pubs und küßte ihn auf dem Nachhauseweg. Vielleicht hätte sie in England bleiben sollen. Als sie in die Schweiz zurückkehrte, war alles anders.
Regina schloß die Tür auf und machte Licht. *That's a nice house*, sagte Philip und zog die Schuhe aus. Martina verschwand im Bad, um zu duschen. Regina brachte ihr ein Handtuch. Durch das Milchglas der Duschkabine sah sie Martinas schlanken Kör-

per, den in den Nacken gelegten Kopf, das lange dunkle Haar, ein Fleck.

Regina ging in die Küche. Der Australier hatte sich an den Tisch gesetzt. Er hatte einen winzigen Computer auf den Knien. Sie fragte ihn, ob er etwas trinken wolle. *Do you want a drink*, sagte sie. Der Satz klang wie aus einem Film. Der Australier lächelte und sagte etwas, was sie nicht verstand. Er winkte sie zu sich und zeigte auf den Bildschirm seines Computers. Regina trat zu ihm und sah das Luftbild einer Stadt. Der Australier zeigte auf einen Punkt. Regina verstand nicht, was er sagte, aber sie wußte, daß er dort wohnte und daß er dorthin zurückkehren würde, wenn das Jahr hier vorüber war. Ja, sagte sie, *yes, nice*, und lächelte. Als der Australier auf eine Taste drückte, entfernte sich die Stadt, und man sah das Land und das Meer, ganz Australien und schließlich die ganze Welt. Er schaute Regina mit einem triumphierenden Lächeln an, und es war ihr, als sei sie ihm viel näher als ihrer Enkelin. Sie wollte ihm näher sein, weil er Martina verlassen würde, wie Gerhard sie verlassen hatte. Diesmal wollte sie auf der Seite der Stärkeren sein, auf der Seite derer, die gingen.

Regina bezog das Bett in Otmars Zimmer. Martina war heraufgekommen. Sie hatte sich wieder angezogen.

»Soll ich dir einen Pyjama geben?« fragte Regina.
»Wir können in einem Bett schlafen«, sagte Martina, als sie sah, daß Regina zögerte. »Du mußt es Mama ja nicht auf die Nase binden.«
Sie legte der Großmutter den Arm um die Schultern und küßte sie auf die Wange. Regina schaute ihre Enkelin an. Sie sagte nichts. Martina folgte ihr die Treppe hinunter und in die Küche, wo Philip etwas in seinen Computer tippte. Martina stellte sich hinter seinen Stuhl und legte ihm die Hände auf die Schultern. Sie sagte etwas auf englisch zu ihm.
»Wie gut du das kannst«, sagte Regina. Martina kam ihr sehr erwachsen vor in diesem Augenblick, vielleicht zum erstenmal, erwachsener als sie selbst, voll von der Kraft und Zuversicht, die Frauen brauchten. Regina sagte gute Nacht, sie gehe zu Bett. Da saßen Martina und Philip noch in der Küche, als sei es ihre Küche, als sei es ihr Haus. Aber das störte Regina nicht. Seit langer Zeit hatte sie wieder das Gefühl, das Haus sei voll. Sie dachte an Australien, wo sie nie gewesen war. Sie dachte an die Luftaufnahme, die Philip ihr gezeigt hatte, und dann an Spanien, wo sie ein paarmal Urlaub gemacht hatten mit den Kindern. Regina stand im Bad und putzte sich die Zähne. Sie war müde. Als sie in den Flur trat und unter der Küchentür das Licht durchscheinen sah, war sie froh, daß Martina und Philip noch wach waren.

Regina lag im Bett. Sie hörte, wie Philip ins Bad ging und duschte. Sie wollte noch einmal aufstehen und ihm ein Handtuch bringen, dann ließ sie es bleiben. Sie stellte sich vor, wie er aus der Dusche kam, sich mit dem feuchten Handtuch von Martina abtrocknete, wie er durch den Flur zur Küche ging, wo Martina auf ihn wartete. Die beiden umarmten sich und gingen in den oberen Stock und legten sich zusammen ins Bett. Dummheiten, hatte Verena gesagt, und sie solle aufpassen. Aber das waren keine Dummheiten. Alles ging so schnell vorbei.

Regina stand noch einmal auf und trat in den Flur, ohne Licht zu machen. Sie stand in der Dunkelheit und lauschte. Nichts war zu hören. Sie ging ins Bad. Von einer Straßenlaterne drang etwas Licht in den Raum. Das Frottiertuch hing über dem Rand der Badewanne. Regina nahm es und drückte es an ihr Gesicht. Es fühlte sich kühl an auf der Stirn und hatte einen fremden Geruch. Sie legte es hin und ging zurück in ihr Zimmer.

Als sie wieder im Bett lag, dachte sie an Australien, das sie nie sehen würde. Auch Spanien würde sie wohl nicht mehr sehen, dachte sie, aber eine Reise würde sie noch machen.

Die brennende Wand

Aus dem Fernseher war nur Rauschen zu hören. Henry stellte den Ton so laut es ging und trat ins Freie. Es war immer noch heiß. Er drehte an der Satellitenschüssel, die auf einem selbstgebastelten Holzgestell auf dem Asphaltplatz stand. Er kannte die ungefähre Position des Satelliten, Südost. Westen war da, wo die Sonne unterging. Dann war das Rauschen plötzlich verschwunden, und Henry hörte Stimmen und Musik. Er stieg die Metalltreppe hoch. Es war stickig in dem kleinen Verschlag hinter der Fahrerkabine, seinem Zuhause. Ein Bett, ein Stuhl, ein Fernseher, ein Kühlschrank, alles, was man braucht. Fenster gab es nicht, aber an den Wänden hingen zwei amerikanische Flaggen, eine Marlboro-Reklame und das Plakat einer Erotikmesse, das Henry von irgendeiner Bretterwand gerissen hatte. Er schaltete den Fernseher aus, nahm den Klappstuhl und setzte sich vor den Wagen in die Abendsonne. Die aufeinandergestapelten Container warfen lange Schatten.
Die Wohnwagen der anderen standen noch im Nach-

bardorf, wo gestern Vorstellung gewesen war. Sie hatten den ganzen Tag gebraucht, um die Autos und alles andere hierherzubringen und die Tribüne aufzubauen. Am Mittag hatte es geregnet, aber Joe war schon vorher schlechter Laune gewesen. Einmal so, einmal so, das war Joe. Und Charlie war sonstwo gewesen, und Oskar hatte irgendwas an seinen Motorrädern geklempnert. Henry hatte wieder einmal die ganze Arbeit allein gemacht. Henry, der Feuerteufel. In Wirklichkeit war er Mädchen für alles, Idiot für alles, der Nachtwächter, der dumme Hund. Nur während der Vorstellungen war er der Feuerteufel, der auf dem Dach des Autos lag, wenn Oskar durch die brennende Wand fuhr.

Die anderen hatten schöne Hänger, den von Joe konnte man nach allen Seiten ausziehen, eine richtige Wohnung war das, mit Polstergruppe und Video und allem Drum und Dran. Henry wollte auch so einen Hänger. Und eine Frau wollte er und ein Kind. Soviel Zeit hatte er nicht mehr bis Vierzig, und der Chef hätte auch nichts dagegen, wenn es die Richtige wäre. Eine wie die Jacqueline von Oskar, die Verena von Charlie, eine wie die Petra von Joe, die auch für Henry kochte und manchmal seine Kleider wusch. Die anderen hatten alles, und er hatte nichts. Aber eine Frau kostete mehr als eine neue Hose.

Henry konnte nicht klagen. Er hatte seine Ruhe, und

er kam herum. Eigentlich konnte er es nicht besser haben. Was brauchte er denn schon? Es ging ihm gut jetzt, besser als damals in der DDR. Da war er Melker gewesen. Nach dem Fall der Mauer war er arbeitslos geworden. Beschissen und betrogen hatte man ihn. Er hatte herumgelungert, hatte Streit angefangen und das bißchen Geld, das er vom Sozialamt bekam, im Spielsalon verloren. Dann war eines Abends Joe mit seinen Leuten in die Stadt gekommen, und nach der Vorstellung ging Henry zu den Artisten und half ihnen beim Abbauen der Tribüne. So einen wie ihn könne man gebrauchen, sagte Joe, und Henry grinste. Das hatte man nicht oft zu ihm gesagt. Da schloß er sich der Truppe an, fuhr einfach mit, als sie die Stadt am nächsten Morgen verließen. Und seither zog er mit ihnen durchs Land, von Stadt zu Stadt und von Dorf zu Dorf. Er stellte seine Antenne auf, bewachte die Autos und knallte jeden Abend mit dem Kopf durch die brennende Wand.

Der Feuerteufel, das war Petras Idee gewesen, Henry, der Feuerteufel. Seit sechs oder sieben Jahren war er bei der Truppe, lebte er in seinem Verschlag. Dieses Jahr kriegst du einen Hänger, hatte Joe ihm versprochen, aber dann hatte er gesagt, er wolle nicht, daß es bei ihnen aussehe wie bei den Zigeunern. Und jemand müsse schließlich die Autos bewachen in der Nacht. Irgendwann, sagte Joe, suchst du dir eine Frau. Dann werden wir sehen. Und Oskar versprach, Henry beizubringen, wie man auf zwei Rädern fuhr.

Henry hörte ein Geräusch, einen leisen, satten Knall. Er stand auf und ging zu den Autos hinüber. Der Asphalt glänzte noch vom Regen, und als Henry durch die enge Schlucht zwischen den Containern lief, kam er sich vor wie ein Indianer im Grand Canyon. Es knallte noch einmal. Henry rannte zu den Autos und sah gerade noch einen Stein durch die Luft fliegen und gegen die Heckscheibe eines der Wagen prallen. Er lief in die Richtung, aus der der Stein gekommen war, blieb stehen. Dann sah er die Kinder wegrennen. Er fluchte und nahm einen Stein vom Boden und warf ihn nach ihnen. Aber sie waren schon hinter den Containern verschwunden.

Henry stand an den Gleisen, die sich in beiden Richtungen in der Ferne verloren. Er schaute nach links und nach rechts und rannte los. Auf der anderen Seite des Bahndamms blieb er stehen. Er wartete lange, bis ein Güterzug kam. Er zählte die Waggons wie damals, als er noch ein Kind war. In Amerika gab es Leute, die auf die Güterzüge sprangen und im ganzen Land herumfuhren. Henry fragte sich, wohin der Zug fuhr. Zweiundvierzig Waggons zählte er. Kies.

Die Sonne war hinter der nahen Hügelkette verschwunden, aber es war noch hell. Henry lief den Bahndamm entlang bis zu einem Feldweg, der zur Hauptstraße führte. Schon von weitem sah er das gelbe M und, als er näher kam, den lebensgroßen Platikclown, der vor dem Imbiß auf einer Bank saß und lächelte.

In einer Ecke des Lokals saßen drei Forstarbeiter an einem der kleinen Tische. Hinter der Theke stand eine junge Frau. Manuela, stand auf ihrem Namensschild. Henry bestellte einen Hamburger und eine Cola. Bier hätten sie keines, hatte Manuela gesagt. Einen Moment.

»Sind Sie aus dem Osten?« fragte sie, als er zahlte.

Aus dem Osten, sagte Henry, er sei Artist. Da drüben, er zeigte in Richtung des Containerlagers, da sei morgen Vorstellung. Autostunts. Wenn sie Lust habe, er lasse sie gratis rein. Autos, sagte Manuela, das interessiere sie nicht. Eine Stuntshow, sagte Henry, Autos, die auf zwei Rädern fahren, Sprünge mit dem Motorrad über vierzig Personen.

»Über vierzig Personen?« fragte Manuela.

»Die liegen da nicht wirklich«, sagte Henry. »Früher ja.«

Am Montag seien sie schon wieder weg, sagte er.

Dann gehe die Reise weiter nach Süden, immer weiter, bis nach Italien oder Griechenland.
»Griechenland ist schön«, sagte er. »Da kannste jeden Tag baden gehen.«
Er sagte, er heiße Henry. Manuela, sagte sie. Ich weiß, sagte Henry und zeigte auf ihr Namensschild. Manuela lachte. Ob er wirklich ein Stuntman sei? Ja, so was, sagte er. Ob sie einen Freund habe? Den könne sie nämlich auch mitbringen. Nein, sagte Manuela. Sie hatte einen süßen Dialekt. Überhaupt war sie süß.
»Ich auch nicht«, sagte Henry, »immer unterwegs.«
Es war einen Moment lang still. Dann sagte Manuela, warte. Sie verschwand und kam gleich wieder zurück und drückte Henry eine Apfeltasche in die Hand.
»Nimm«, sagte sie. »Aufpassen. Die ist heiß.«
Henry bedankte sich.
»Wenn das mein Chef sieht«, sagte Manuela, »flieg ich raus.«
»Dann kommst du mit uns«, sagte Henry.
Manuela mußte bis Mitternacht arbeiten. Aber morgen früh habe sie Zeit, klar. Sie gehe ja nicht in die Kirche oder so. Sonntags war hier nichts los. Kleintierausstellung der Pelznähgruppe und des ornithologischen Vereins.
»Magst du das, so Tiere? Vögel und Kaninchen?«

»Klar«, sagte Henry, »kann man sich anschauen.«
Sie verabredeten sich für den nächsten Tag um neun bei der Bushaltestelle. Aber am Mittag müsse er zurück sein, sagte Henry, die Nachmittagsvorstellung vorbereiten.

Die Kleintierausstellung interessierte sie beide nicht. Nach einer Viertelstunde waren sie wieder draußen. Sie saßen im Eßzelt und tranken Kaffee.
»Mein Vater hat einen Hund gehabt«, sagte Henry. »Deutscher Schäfer.«
»Ich hatte mal einen Hamster«, sagte Manuela.
»Was hat dir am besten gefallen?«
»Die kleinen Kaninchen. Die Jungen.«
»Wie die im Käfig sitzen«, sagte Henry. »Die haben Schiß.«
Ihm hatten die Vögel am besten gefallen, die bunten Vögel, Wellensittiche und Zebrafinken und wie die alle hießen. Einer der Züchter hatte ihnen die Namen genannt und die Länder, aus denen die Vögel stammten, ein großer Mann, der selbst ein Gesicht wie ein Vogel hatte und eine ganz hohe Stimme. Das sei eine Krankheit, hatte Manuela nachher gemeint.
»Willst du ein Stück Kuchen?« fragte sie.
»Eine Apfeltasche?« Henry grinste.
»Wenn das mein Chef gesehen hätte«, sagte Manuela.

Dann schwiegen sie. Im Eßzelt lief Volksmusik.

»Weißt du einen Witz?« fragte Henry. »Magst du die Musik?«

»Elvis mag ich«, sagte Manuela. »Früher. Immer noch.«

Sie tranken ihren Kaffee und gingen. Sie gingen aus dem Dorf in Richtung des Containerlagers. Sie kamen durch eine Siedlung mit hohen Wohnblocks. Hier war Manuela aufgewachsen. Vor ein paar Jahren waren ihre Eltern weggezogen. Jetzt lebte sie im Dorf mit einer Freundin zusammen. Der Weg führte an den Gleisen entlang. Henry riß eine Blume ab, die am Bahndamm wuchs, und reichte sie Manuela. Sie sagte, danke, und blinzelte ihm zu.

»Ich hab auch nur so einen Kaninchenstall«, sagte Henry.

Er hatte nicht gedacht, daß Manuela mitkommen würde. Das Plakat von der Erotikmesse war ihm peinlich. Aber sie schien es nicht zu stören. Männerhaushalt, sagte sie nur und setzte sich auf das ungemachte Bett.

»Hast du oft Mädchen hier?«

»Ach was«, sagte Henry. »Bin ja immer unterwegs. Scheiße.«

Er war nicht sehr geschickt, als er sie küßte. Und als er versuchte, sie auszuziehen, mußte Manuela ihm helfen. Ihre Jeans waren so eng, daß sie sich aufs

Bett legen mußte, während er von unten an den Hosenbeinen zog. Der Büstenhalter hatte keinen Verschluß, den zog man einfach über den Kopf wie ein T-Shirt. Sachen gibt's, sagte Henry. Den Rest machte Manuela selbst. Dann zog auch Henry sich aus, hastig und von ihr abgewandt. Er setzte sich aufs Bett, ohne sich umzudrehen, und schlüpfte schnell unter die dünne Decke.
»Gemütlich hier«, sagte Manuela, als Henry schon wieder angezogen war und Kaffee machte.
»Ich brauche ja nichts«, sagte er. »Ich hab ja alles, was ich brauche.«
Die anderen stammten aus Artistenfamilien, erzählte er. Nur er nicht und Jacqueline, die Frau von Oskar. Die sei einfach irgendwann mitgekommen wie er. Das gibt's. Habe einen Mann und drei Kinder gehabt. Und dann habe sie Oskar kennengelernt und sei abgehauen und nie mehr zurückgegangen. Habe die einfach sitzenlassen, die Familie.
»Das gibt's«, sagte Henry.
»Kommt vor«, sagte Manuela.
Hochseil hätten die anderen früher gemacht, sagte Henry. Aber das habe sich nicht mehr rentiert. Und dann sei Oskars Bruder abgestürzt. Seilriß. Auch der erste Mann von Verena sei vom Seil gefallen. Mit dem Motorrad. Henry erzählte von den Unfällen, als sei er stolz auf die Toten.

»Schrecklich«, sagte Manuela und trank ihren Kaffee.

»Das war in Chemnitz«, sagte Henry.

Was er denn in der Show mache, fragte Manuela. Alles, sagte er, er sei eben Mädchen für alles. Und dann erklärte er ihr seine Nummer.

»Du bist verrückt«, sagte Manuela.

»Nein«, sagte Henry, »nein.«

Er erklärte ihr alles noch einmal genau. Wie Oskar das Auto beschleunigte, wie er selbst auf dem Dach lag und sich festklammerte mit Händen und Füßen. Er schaue nach vorn, sehe die brennende Wand vor sich. Er schaue, so lange es nur gehe. Und dann: Kopf nach unten, Zähne zusammenbeißen. Er hört das Splittern der Bretter, bevor er den Schlag spürt. Das Auto durchbricht die unteren Latten. Es riecht nach Petroleum. Die Bretter bersten, das brennende Holz fliegt durch die Luft. Das ist wie, wie...

»Das ist das Schönste überhaupt.«

»Du bist verrückt«, sagte Manuela.

»Verstehst du denn nicht«, sagte Henry. »Das ist wie...«

»Tut es nicht weh?« fragte Manuela. »Du bist verrückt. Ich muß jetzt gehen.«

Es war kurz vor Mittag. Henry war froh, daß Manuela ging, er wollte nicht, daß die anderen sie sahen. Sie versprach, zur Abendvorstellung zu kom-

men. Henry sagte, er hole sie beim Eingang ab. Sie solle einfach warten, links vom Eingang. Da hole er sie ab, und sie müsse keinen Eintritt bezahlen.
»Ich hole dich ab«, sagte er.
Als Manuela gegangen war, riß Henry das Plakat der Erotikmesse von der Wand und machte das Bett. Er überlegte, was er sonst noch tun könnte, damit eine Frau sich in dem Verschlag wohl fühlte. Manuela hatte gesagt, es sei gemütlich. Vielleicht war sie ja wie Jacqueline. Vielleicht wollte sie einfach weg von hier, egal wie. Das Bett war nicht breit, aber für den Anfang würde es reichen.

Joe maulte, weil die Kinder zwei der Heckscheiben eingeworfen hatten. Ob Henry denn nicht aufgepaßt habe. Er könne ja nicht überall sein, sagte Henry. Sie präparierten zusammen die Autos für die Nachmittagsvorstellung, banden Türen zu und befestigten Reifen auf dem Dach des Autos, mit dem Oskar sich überschlagen würde. Ein Reifen des Toyotas, auf dem Henry die Feuerwand durchbrechen sollte, war bis auf das Gewebe abgefahren. Wenn ich mal nicht aufpasse, sagte Henry. Aber die Felge des Ersatzreifens paßte nicht, und er montierte wieder das alte Rad.
»Was soll's«, sagte er. »Wenn er knallt, knallt er.«
Dann kam Charlie mit dem Sattelschlepper und

brachte die beiden Schrottautos, die später zermalmt würden, einen Passat und einen Alpha Spider. So einen Alpha hab ich auch mal gehabt, sagte Charlie, als sie die Autos abluden. Oskar ließ den Motor seiner Kawasaki aufheulen und fuhr ein paarmal über den Platz. Er war vor den Vorstellungen immer nervös. Beim Eingang standen schon die ersten Schaulustigen herum. Petra hatte die Musik angestellt. Aus zwei riesigen Lautsprechern war Rockmusik zu hören und dann Petras Stimme.
»Autos und Motorräder fliegen durch die Luft. Was man sonst nur in Film und Fernsehen sieht...«
Langsam füllte sich die Tribüne. Einige Jugendliche, die nur Stehplätze hatten, kletterten auf den Sattelschlepper. Es war heiß. Henry verschwand in seinem Verschlag, um den blauen Overall anzuziehen und den Helm zu holen. Er hatte schon hundertmal die Feuerwand durchbrochen, aber er freute sich jedesmal auf seinen Auftritt. Auf den Auftritt von Henry, dem Feuerteufel.
»Ohne Applaus läuft hier gar nichts«, hörte er Petras Stimme aus den Lautsprechern, als er die Treppe hinunterstieg. Oskar sprang mit dem Motorrad über die Schanze. Zwanzig Personen, dreißig, vierzig. Dann fuhren Joe und Charlie mit ihren Autos auf zwei Rädern im Kreis und winkten aus den Fenstern. Das Publikum klatschte ohne große Begeisterung.

»Das war noch gar nichts«, sagte Petra. »Jetzt geht's hier gleich richtig heiß her.«

Henry hatte die Lattenwand aufgestellt und mit Petroleum übergossen. Er zündete das Petroleum an und rannte zurück zum Auto, das Oskar schon gestartet hatte. Er kletterte auf das Dach. Die Seitenfenster waren heruntergekurbelt, damit er sich besser festhalten konnte. Er spreizte die Beine. Oskar fuhr langsam los, wurde schneller, die Wand kam näher. Heute abend werde ich die Wand für Manuela durchbrechen, dachte Henry. Er würde ihr irgendein Zeichen geben, ihr zuwinken oder etwas machen, was er noch nie zuvor gemacht hatte. Ich werde die Augen offenlassen, dachte er. Für Manuela. Und vielleicht kam sie nach der Vorstellung noch einmal zu ihm in den Wagen, wenn alles vorbei war und aufgeräumt und die anderen weg waren.

Er hörte nicht, wie der Reifen platzte. Er spürte nur plötzlich, wie das Auto sich nach vorn neigte und seitwärts abdrehte. Henrys Beine hoben sich vom Dach, sein Unterleib, und er hatte das Gefühl, die Hände würden ihm abgerissen. Dann ließ er los und war ganz in der Luft. Er flog und sah die erstaunten Gesichter der Zuschauer und war selbst erstaunt. Es war, als stünde die Welt unter ihm still, als bewegte nur er sich. Henry flog durch die Luft, er flog immer höher und weiter. Es war schön. Er sah jetzt den blauen Himmel über sich und ein paar dunkle Wolken, die aufgezogen waren. Vielleicht würde es noch einmal regnen.

Manuela war den ganzen Nachmittag über mit Denise am Baggersee gewesen. Sie hatte ihrer Freundin den Knutschfleck gezeigt, den Henry ihr gemacht hatte.
»Wie alt ist der?« fragte Denise, und die beiden Frauen lachten.
»Ist doch süß«, sagte Manuela. »Ein Ossi.«
»Henry, so heißt man nicht«, sagte Denise. »Wo du die Kerle immer herhast.«
»Ein Stuntman«, sagte Manuela. »Der war ganz süß. Der macht das nicht oft. So was merke ich.«
»Ich geh ins Wasser«, sagte Denise. »Kommst du mit?«
Aber Manuela ging nie ins Wasser. Sie lag in der Sonne, und ihr Körper wurde immer wärmer und schwerer. Sie spürte das Brennen der Sonne auf der Haut und hörte, wenn sie das Ohr auf den Boden preßte, das dumpfe Echo von Schritten. Sie dachte an den Sommer, der eben erst begonnen hatte, den langen Sommer, der vor ihr lag, an die vielen Abende, die sie hier am Baggersee verbringen würde mit Denise und ihren anderen Freunden. Sie dachte an die Feuer, die sie machen würden, an die Jungs,

die zu schnell fuhren mit ihren aufgemotzten Autos, wenn sie nach dem Baden irgendwo hingingen, ins Domino oder in die Stadt oder nur in die Kneipe hinter dem Bahnhof. Sie hätte sich gern in einen der Jungs verliebt, aber die waren so kindisch. Andi war ihr Freund gewesen im letzten Sommer. Der den Kiosk hatte am Baggersee und nicht schlecht damit verdiente. Im Winter tat er nichts, hing nur rum, saß schon am Mittag in der Kneipe und machte die Serviererin an, eine Jugoslawin. Du mußt dich entscheiden, hatte sie zu ihm gesagt. Dann hatte sie sich entschieden. Sie waren schon zusammen zur Schule gegangen.
Manuela überlegte, wie es wäre, mit den Artisten durchs Land zu ziehen. Aber sie hatte keine Lust, mit Henry in dem schmutzigen Verschlag zu wohnen, ohne Badewanne und nichts. Es war heiß gewesen in dem engen Raum, und es hatte nach ungewaschenen Kleidern und aufgewärmtem Essen gerochen. Und die anderen kannte sie ja gar nicht. Diese Jacqueline, die ihre Familie sitzengelassen hatte. Und wie hießen die noch, die anderen? Seltsame Namen hatten die. Manuela stellte sich vor, wie sie vor einem Wohnwagen Wäsche aufhängte, und fragte sich, wo die Kinder zur Schule gingen, wenn man dauernd unterwegs war. In Griechenland. Sie war einmal in Griechenland gewesen, im Sommer

mit ihren Eltern. Da war es unglaublich heiß, nicht zum Aushalten, und sie hatte nichts verstanden. Das mit der Blume war nett gewesen. Aber Henry war mindestens zehn Jahre älter als sie. Ich bin noch jung, dachte sie, ich bin doch nicht blöd.

»Er legt sich aufs Auto, und das fährt durch eine brennende Mauer«, sagte sie, als Denise zurückkam und ihr nasses Haar schüttelte. »Nicht!«

»So was Verrücktes habe ich noch nie gehört«, sagte Denise. »Das ist bestimmt ein Trick. Wie im Film. Wie spät ist es?«

»Halb vier«, sagte Manuela. »Nein, das ist kein Trick. Der macht das wirklich.«

Wolken waren aufgezogen, und Manuela und Denise hatten sich aufgesetzt und ihre T-Shirts angezogen.

Um fünf Uhr regnete es kurz, ein Platzregen. Die beiden Frauen rannten zum Kiosk und stellten sich unter. Sie redeten ein bißchen mit Andi. Er schenkte ihnen ein Eis und fragte, ob sie heute abend mit ins Domino kämen. Es spiele eine Gruppe aus dem Nachbardorf.

»Wir gehen zur Stuntshow«, sagte Manuela, »beim Containerlager.«

»Sie hat sich in einen Stuntman verliebt«, sagte Denise.

»Quatsch«, sagte Manuela. »Vielleicht danach.«

Als der Regen nachließ, war es kaum kühler als zuvor, nur noch drückender. Die nassen Container glänzten im schräg einfallenden Sonnenlicht. Denise war mit Manuela zur Show gekommen. Sie war neugierig auf diesen Henry. Aber er war nicht da.
»Der hat dich vergessen«, sagte Denise.
»Sicher nicht«, sagte Manuela.
Kurz bevor die Show begann, ging sie zu der dicken Frau an der Kasse und kaufte zwei Karten.
Zum Schluß der Vorstellung zermalmte ein Pickup mit riesigen Reifen die Schrottautos, die zwei der Artisten auf den Platz geschoben hatten. Es sei der Höhepunkt der Show, hatte die dicke Frau gesagt.
»Welcher ist es?« fragte Denise, aber Manuela schüttelte den Kopf.
»Und jetzt?« sagte Denise.
Endlich blieb der Pickup auf einem der flachgedrückten Autos stehen, und der Fahrer kletterte aus der Führerkabine, stieg die kleine Leiter herunter und sprang auf den Platz. Das Publikum klatschte.
»Alles, was einen Anfang hat, hat auch ein Ende«, sagte die Frau am Mikrophon und schaltete die Musik aus. Die Zuschauer standen auf. Einige sammelten sich um die zerquetschten Autos, die wie tote Tiere dalagen. Ein paar Kinder zerrten an den zerbeulten Türen und traten gegen die Räder. Ein Mann versuchte, das Markenzeichen des Alfas abzu-

reißen. »Vierzig Menschen waren das nicht«, sagte er, »niemals.«

Die Artisten standen abseits und redeten leise. Sie sahen enttäuscht aus, fand Manuela. Und irgendwie traurig. Die Zuschauer verloren sich nach und nach. Vom Vorplatz war das Aufheulen von Motoren zu hören und einmal das Quietschen von Reifen. Manuela und Denise saßen allein auf der Tribüne. Sie schauten den Männern beim Aufräumen zu. Ein paar Jugendliche aus dem Dorf halfen.

»Gehen wir?« fragte Denise.

»Das mit der Feuerwand war ein anderer«, sagte Manuela.

»Der hat dir einen Scheiß erzählt«, sagte Denise.

»Aber es war kein Trick. Das war echt.«

Dann fingen die Artisten an, die Tribüne abzubauen, und die beiden Frauen standen auf.

»Vielleicht kommt er noch«, sagte Manuela.

»Frag doch«, sagte Denise. Aber Manuela wollte nicht.

»Gehen wir ins Domino?« fragte Denise, als sie die Fahrräder aufschlossen.

»Ist ja egal«, sagte Manuela. »War ja nichts. Wäre ja sowieso nichts geworden.«

In fremden Gärten

Es war Sommer, und die Sonne schien durch die Ritzen der geschlossenen Fensterläden und zeichnete helle Flecken auf die Wände der zur Straße hin gelegenen Zimmer, schmale Streifen, die langsam nach unten glitten, breiter wurden, wenn sie den Boden erreichten, und über das Parkett und die Teppiche wanderten, hier und da einen Gegenstand berührten, ein Möbelstück oder ein vergessenes Spielzeug, bis sie am Abend die gegenüberliegenden Wände emporstiegen und endlich erloschen. Die Küche, an deren Fenster die Läden nie geschlossen wurden, war früh am Morgen in festliches Licht getaucht, und hätte sie jemand betreten, er hätte glauben können, die Bewohner des Hauses seien nur kurz in den Garten gegangen und kämen gleich zurück. Ein Lappen hing über dem Hahn, eine Pfanne stand auf dem Herd, als sei sie eben erst benutzt worden, in einem halbvollen Wasserglas, in dem sich kleine Bläschen gebildet hatten, brach sich das Licht.
Vom Küchenfenster aus ging der Blick hinaus in den Garten auf die Pfingstrosen und die Johannisbeer-

sträucher, den alten Zwetschgenbaum und den in die Höhe geschossenen Rhabarber. Um neun Uhr oder etwas später, noch bevor es heiß wurde, hätte man sehen können, wie die Nachbarin den Kiesweg entlangkam, wie sie lautlos die Begonien goß und die Küchenkräuter, die in Töpfen auf der Freitreppe wuchsen. Später, wenn sie hinter dem Haus verschwunden war und dort die großen Gießkannen füllte und die Tomaten goß, die Himbeer- und die Blaubeersträucher, war das Rauschen der Wasserleitung ungewöhnlich laut in den Mauern des Hauses, das einzige Geräusch.

Sie solle die Beeren doch pflücken, hatte Ruth gesagt, wenn sie zurückkomme, seien sie sowieso vorbei. Aber die Nachbarin pflückte die Beeren nicht. Sie goß den Garten jeden Morgen, und an den heißesten Tagen kam sie am Abend ein zweites Mal herüber und goß die Topfpflanzen noch einmal und die Tomaten, deren Blätter in der Hitze welk geworden waren. Wenn sie fertig war, stieg sie nicht über den niedrigen Zaun, was leicht gewesen wäre, sondern verließ den Garten durch das Tor und ging auf der Straße zurück.

Die Nachbarin hatte einen Schlüssel zum Haus, aber sie betrat es ungern. Sie öffnete die Tür und legte die Post auf die Kommode, die im Windfang stand. Sie machte zwei Stapel, einen mit den Zeitungen, einen mit der übrigen Post. Durch das Milchglas der inneren Tür ahnte sie die Dunkelheit der Räume und sah vielleicht den Schimmer Licht, der durch die Fensterläden fiel. Sie zögerte, bevor sie diese zweite Tür öffnete und in die Küche trat, wohin Ruth alle Topfpflanzen gebracht hatte. Dort, auf dem Tisch, standen fünfzehn oder zwanzig kleine und große Töpfe, Efeu, Azaleen, eine Calla mit weißer Blüte, ein kleiner Feigenbaum. Sie füllte die Kupferkanne und goß die Pflanzen. Sie hatte die Eingangstür und die innere Tür offengelassen. Jedesmal betrachtete sie das halbvolle Glas neben dem Spülbecken, wollte es ausgießen, aber dann scheute sie sich, weil sie nicht wußte, was es damit auf sich hatte.

Einmal, ein einziges Mal, betrat die Nachbarin das Wohnzimmer und schaute sich um. Auf dem Büfett standen Fotos der Kinder in kleinen Wechselrahmen und ein paar Glückwunschkarten. Sie nahm eine der Karten und las: »Liebe Ruth, zu Deinem 40. Geburtstag wünschen wir Dir von Herzen alles Gute und hoffen, daß Dein Jahr genauso wird, wie Du es Dir wünschst. Deine Marianne und Beat.« Beide Namen waren von derselben Hand geschrieben. Auf der Karte war eine Maus mit riesigen Füßen abgebildet, die einen Blumenstrauß hielt.

Es war kein gutes Jahr für Ruth geworden. Was ist

nur mit der Familie, hatte die Nachbarin oft zu ihrem Mann gesagt, man könnte meinen. Unsinn, hatte er gesagt, ohne sie anzuschauen. Aber so war es: Daß Ruth und ihre Familie das Unglück anzuziehen schienen. Ruths Vater hatte die kleine Papeterie in der Hauptstraße geführt. Ruth wuchs zusammen mit drei jüngeren Brüdern auf in der Wohnung über dem Geschäft. Bald nach der Geburt des jüngsten Sohnes war die Frau unheilbar krank geworden. Einige Jahre hatte man sie noch im Ort gesehen, wie sie an Stöcken durch die Straßen ging, dann verließ sie die Wohnung nicht mehr und verlor langsam an Gestalt.

Die Papeterie war zugleich die Buchhandlung des Dorfes. Das Angebot an Büchern war nicht groß, ein Regal, in dem einige Kinderbücher standen, Romane, Kochbücher und Reiseführer für die wichtigsten Städte, für Italien und Frankreich. Wenn es sein muß, kann ich alles bestellen, sagte Ruths Vater, dem nicht viel an Büchern zu liegen schien. Aber er mußte nicht oft etwas bestellen, die meisten Leute im Ort begnügten sich mit dem, was da war, oder sie kauften ihre Bücher in der Stadt. Der Laden war mit dunklem Holz verkleidet und war fast immer leer. Nicht einmal der Inhaber schien sich gern darin aufzuhalten. Trat man ein, dauerte es eine Weile, bis er aus dem Hinterzimmer kam, und konnte man sich nicht entscheiden, verschwand er, und man mußte nach ihm rufen, wenn man bezahlen wollte.

Die drei Brüder waren still und ernsthaft. Sie hatten kaum Freunde, obwohl niemand etwas gegen sie hatte. Man sah sie selten auf der Straße, und wenn, dann waren sie zusammen und kamen irgendwoher oder gingen irgendwohin. Sie fielen nicht auf, außer wenn ihnen Dinge mehr geschahen, als daß sie sie taten. Diese Vorfälle aber waren von ungewöhnlicher Schwere und manchmal gewaltsam, und der ganze Ort sprach darüber. Einmal hatten Elias und Thomas, die beiden älteren, eine leerstehende Scheune angezündet. Es war hinterher nicht herauszubekommen, wie und warum es geschehen war, aber sie bestritten es nicht. Einmal töteten die drei Brüder eine Katze und wurden dabei beobachtet, ein anderes Mal durchtrennte einer von ihnen das Kabel der Straßenlaterne, das von der Papeterie zur gegenüberliegenden Straßenseite gespannt war. Als die Laterne wie ein Pendel fiel, traf sie beinahe eine Radfahrerin, bevor sie auf dem Gehweg zerschellte. Die Brüder zerstörten mit ernsten und konzentrierten Mienen, ohne jemandem schaden zu wollen. Als man sie fragte, weshalb sie Salzsäure über das Auto eines Lehrers gegossen hatten, sagten sie, sie hätten sehen wollen, was passiere. Dieser Lehrer tat dann alles, damit die Geschichte nicht vor den Richter kam.

Simon, der jüngste der drei Brüder, war mit dem Sohn der Nachbarin zur Schule gegangen. Eine Zeitlang waren die beiden befreundet gewesen. Manchmal kam Simon zu Besuch, und die Jungen spielten zusammen oder lasen Comics, bis die Nachbarin sie nach draußen schickte, bei dem schönen Wetter. Bei Simon waren die Jungen nie gewesen. Der Nachbarin war es recht. Sie konnte sich nicht vorstellen, wie es in jener Wohnung über dem Geschäft aussah, daß dort überhaupt jemand lebte außer der gestaltlosen Kranken.

Ruths Vater war vor vielleicht zehn Jahren umgekommen. Er war mit dem Auto in den Kanal gefahren, bei der Futtermühle. Man hatte ihn erst nach drei Wochen gefunden. Drei Wochen lang hatte das Auto im Kanal gelegen und der Vater darin. Niemand im Dorf glaubte, daß es ein Unfall gewesen war.

Von Simon hieß es später, er nehme Drogen. Man erzählte sich Geschichten, es hieß, er lebe das halbe Jahr über auf einer Insel im Fernen Osten, und irgendwann stand in der Zeitung eine Todesanzeige, in der von einer langen Krankheit die Rede war, woraufhin neue Gerüchte entstanden. Thomas war weggezogen, Elias hatte geheiratet und lebte am anderen Ende des Ortes, aber die Nachbarin hatte ihn nie bei Ruth gesehen, in all den Jahren, in denen sie nebeneinander wohnten.

Ruth war ganz anders als ihre Brüder. Als Kind war sie sehr sanft gewesen und eine gute Schülerin. Sie war Pfadfinderin, Mitglied in Sportclubs, auch Leiterin, und aktiv in der Jungen Kirche. Nach der Schule und bis zu ihrer Heirat half sie dem Vater im Laden. Aber sie kam nicht an gegen die Dunkelheit und verschwand bald auch im Hinterzimmer. Als der Vater starb, verkaufte die Familie das Geschäft an einen Mann, der schon im Nachbarort eine Papeterie besaß. Die Mutter blieb in der Wohnung über dem Laden. Sie hatte jemanden, der ihr half, und Ruth besuchte sie fast jeden Tag.

Die Nachbarin hatte sich gefreut, als Ruth in das Haus nebenan einzog. Mit den vorherigen Bewohnern hatte sie sich nicht gut verstanden seit einer dummen Geschichte vor vielen Jahren. Am ersten Tag waren Ruth und ihre Familie an die Tür gekommen und hatten sich vorgestellt, und die Nachbarin hatte sich sofort in die beiden Mädchen verliebt, die artig waren und doch fröhlich und lebendig wie ihre Mutter.

Ruth begann, den Garten zu verändern. Sie entfernte die Büsche, die am Rande des Grundstücks wucherten und das Haus vor fremden Blicken geschützt hatten, und pflanzte Beerensträucher. Sie zog Gemüse und bepflanzte die Blumenbeete so geschickt, daß immer etwas blühte. Ihr Mann mähte den Rasen, sonst war er kaum im Garten zu sehen. Selbst den Grill feuerte Ruth im Sommer an und brachte das Fleisch ins Haus, wenn es fertig war.

Ruth schien glücklich zu sein. Ihr Glück hatte etwas Scheues, wie das von jemandem, der eine schwere Krankheit überstanden hat und noch nicht recht daran glaubt, wieder ganz gesund zu sein.

Eine so nette Familie, hatte die Nachbarin oft zu ihrem Mann gesagt und hatte es nicht verstehen können, als sie eines Tages erfuhr, daß die Ehe auseinandergegangen und der Mann ausgezogen war. Da erst war Ruth zusammengebrochen, die vorher alle Schicksalsschläge hingenommen hatte und nie verzagt war, die zu ihren Brüdern gestanden hatte nach den schlimmsten Taten und selbst nach dem Tod des Vaters mit stolzem und ruhigem Gesicht durch den Ort gegangen war. Nicht plötzlich war es geschehen, sondern langsam wie in einer jener Zeitlupenaufnahmen, in denen die Mauern eines Gebäudes sich voneinander lösten, zerbrachen oder in sich zusammenfielen, bis nur noch eine Staubwolke zu sehen war. Die Nachbarin mußte zuschauen und konnte nichts tun, wenn sie Ruth im Garten stehen sah, gebeugt und mit erloschenem Blick, einen Rechen in der Hand, aber wie gelähmt.

Die Nachbarin stellte die Karte zurück aufs Büfett. Sie öffnete die oberste Schublade. Dort lagen nur

Tischtücher und Servietten. In der zweiten Schublade fand sie Strickzeug, einen angefangenen Pullover, vermutlich für eines der Mädchen. Sie schloß die Schublade, und als sie die unterste öffnete, hatte sie plötzlich ein schlechtes Gewissen und schloß sie gleich wieder. Sie richtete sich auf. Neben den Glückwunschkarten lag ein zerknitterter Zettel, eine Liste von Dingen, an die zu denken war. Hausschuhe, Kontaktlinsenreiniger, Nachthemd, Lesestoff. Die Nachbarin steckte den Zettel ein, vielleicht um ihn wegzuwerfen, und verließ das Zimmer und das Haus und schloß die Tür hinter sich mit dem Schlüssel.

Schon der Juli war heiß gewesen. Da hatte Ruth über Nacht die Fenster offengelassen, und wenn sie sie am Morgen schloß, war es kühl im Haus und blieb kühl bis in den Nachmittag hinein. Aber jetzt, wo niemand die Fenster öffnete und schloß, hatte das Haus sich aufgeheizt vom Dachboden bis zum Keller. Die Luft war abgestanden und trocken, nur in der Küche, wo die Topfpflanzen waren, roch es wie in einem Gewächshaus.

Es war still in den Räumen. Manchmal klingelte das Telefon im Flur sechs, sieben, acht Mal, und einmal drang gedämpfte Marschmusik herein. Jemand im Viertel feierte seinen neunzigsten Geburtstag, die Blasmusik war gekommen und spielte. Die Leute

hatten sich auf der Straße versammelt, die Kinder saßen auf den Gartenzäunen, die Erwachsenen standen beisammen und redeten zwischen den Stücken und verstummten, wenn die Musiker ihre Noten geordnet hatten und wieder zu spielen anfingen. Sie spielten hastig und ohne Begeisterung. Sie schienen froh zu sein, als sie ihre Instrumente einpacken konnten. Wenigstens die Uniformen hätten sie anziehen können, sagte die Nachbarin zu ihrem Mann, als sie nach Hause gingen.
In der Nacht waren Tiere in den Gärten, Katzen und manchmal Igel, Marder oder ein Fuchs. Vor Jahren hatte die Nachbarin einen Dachs gesehen. Er hatte im Kompost gewühlt. Aber niemand außer ihr hatte den Dachs je gesehen, und sie hatte aufgehört, darüber zu reden, weil sie merkte, daß man ihr nicht glaubte.
Eines Abends stürmte es. Die große Tanne auf der anderen Straßenseite bog sich im Wind, und von der Birke fielen kleine Ästchen auf die Straße. Die Nachbarin stand am Fenster und schaute hinaus. Irgendwann würde die Tanne umfallen, sie war alt und krank und hätte längst gefällt werden müssen. Aber die Wohnungen im Haus gegenüber waren vermietet, die Mieter wechselten oft, und niemand kümmerte sich um den Garten.
Als es dunkel wurde, begann es zu regnen. Regen-

schauer fegten über die Straße und schlugen gegen die Fenster. Die Laterne schwankte im Wind, und ihr Licht wurde lebendig und fuhr durch die Dunkelheit wie eine ruhelose Gestalt. Die Nachbarin überlegte, was sie machen würde, wenn sie Licht sähe in Ruths Haus. Es hatte einige Einbrüche gegeben in letzter Zeit. Morgen werde ich den Garten nicht gießen, dachte sie. Sie machte Licht und schaltete den Fernseher ein. Als sie ins Bett ging, hatte der Wind nachgelassen, aber es regnete immer noch.

Am Morgen schien die Sonne, und alles glänzte vor Nässe. Es war kühl, der Wind hatte aufgefrischt, und am Himmel zogen Wolken schnell vorüber. Die Nachbarin war mit dem Fahrrad in die Badeanstalt gefahren. Sie war wie jeden Morgen ihre Bahnen geschwommen. Jetzt war das Becken leer. Als sie das Schwimmbad verließ, schloß der Bademeister hinter ihr ab. Auf der Tafel neben dem Eingang stand die Wassertemperatur vom Vortag.

Die Nachbarin war noch unterwegs, als es schon wieder zu regnen anfing. Sie kochte das Mittagessen. Beim Essen sagte sie, sie wolle Ruth einmal besuchen, ihr die Post bringen und vielleicht ein Buch. Aber ihr Mann sagte, sie solle sich nicht einmischen. Da erzählte sie ihm von dem Zettel, den sie gefunden hatte. Er verstand nicht, wovon sie sprach. Er schaute sie schweigend an. Die Nachbarin stellte sich vor, wie Ruth ihre Sachen packte, die Hausschuhe, das Reinigungsmittel für die Kontaktlinsen, das Nachthemd, und nicht wußte, wann sie zurückkommen würde.

Erst als Ruth sie gebeten hatte, die Blumen zu gießen, hatte die Nachbarin erfahren, daß es nicht ihr erster Aufenthalt in der Klinik war. Dort gibt es einen wunderschönen Garten, hatte Ruth gesagt, mit alten Bäumen, fast wie ein Park. Die Mädchen waren schon am Morgen von irgendwelchen Leuten abgeholt worden, und gegen Mittag hielt ein Taxi vor dem Haus, und Ruth kam heraus mit einer Sporttasche und schaute kurz zum Haus der Nachbarin, die am Fenster stand hinter der weißen Gardine. Sie hob zögernd die Hand wie zum Gruß.

Die Nachbarin wußte nicht, weshalb sie den Zettel eingesteckt hatte, weshalb er immer noch in ihrer Schürzentasche steckte. Das Wort Lesestoff hatte sie überrascht und gerührt, sie verstand es selbst nicht, sie war mit Ruth ja nicht einmal verwandt.

»Sie liest doch so gern«, sagte sie. Ihr Mann schaute nicht vom Teller auf. Sie spürte, wie ihr Tränen in die Augen traten, und stand schnell auf und trug die leeren Schüsseln in die Küche.

Die ganze Nacht

Am späten Nachmittag hatte es angefangen zu schneien. Er war froh, daß er sich den Tag freigenommen hatte, denn der Schnee fiel sofort so dicht, daß er nach einer halben Stunde schon die Straßen bedeckte. Vor dem Haus sah er den Hausmeister den Gehweg kehren. Er trug eine Kapuze und führte auf einer kleinen dunklen Insel einen vergeblichen Kampf gegen den stetig fallenden Schnee.
Es war gut, daß er diesmal nicht zum Flughafen gefahren war, um sie abzuholen. Das letzte Mal hatte er ihr Blumen aus dem Automaten gekauft und sie dazu überredet, die lange Fahrt nach Manhattan mit der U-Bahn zu machen. Als sie dann vor einigen Tagen telefoniert hatten, meinte sie, es sei nicht nötig, daß er sie abhole, sie werde ein Taxi nehmen.
Er stand am Fenster und schaute hinaus. Selbst wenn der Flug pünktlich war, würde sie frühestens in einer halben Stunde hier sein. Aber er war jetzt schon unruhig. Er verwarf Sätze, die er sich in den vergangenen Wochen zurechtgelegt und sich immer wieder vorgesagt hatte. Er wußte, daß sie eine Er-

klärung verlangen würde, und wußte, daß er keine hatte. Er hatte nie Erklärungen gehabt, aber er war sich immer sicher gewesen.

Eine Stunde später stand er wieder am Fenster. Es schneite noch immer, heftiger als zuvor, es war ein richtiger Schneesturm. Der Hausmeister hatte seinen Kampf aufgegeben. Alles war jetzt weiß, selbst die Luft schien weiß zu sein oder vom hellen Grau der einsetzenden Dämmerung, das kaum zu unterscheiden war vom Weiß des fallenden Schnees. Die Autos fuhren langsam und mit großer Behutsamkeit. Die wenigen Fußgänger, die noch draußen waren, stemmten sich gegen den Wind.

Er schaltete den Fernseher ein. Auf allen lokalen Kanälen war vom Sturm die Rede, und es war seltsam, daß man ihm schon einen Namen gegeben hatte, den alle Stationen kannten. In den Außenbezirken, hieß es, sei das Chaos noch größer als in der Innenstadt, und von der Küste kamen Meldungen über Hochwasser. Aber die Moderatoren, die man hinausgeschickt hatte und die, dick angezogen, in Mikrophone mit groteskem Windschutz sprachen, waren guter Laune und warfen Schneebälle in die Luft und wurden nur ernst, wenn sie von Sach- oder Personenschäden zu berichten hatten.

Er rief die Fluggesellschaft an. Der Flug, sagte man ihm, sei wegen des Schneesturms nach Boston um-

geleitet worden. Kaum hatte er aufgelegt, klingelte das Telefon. Sie rief aus Boston an, sagte, sie müsse gleich weiter. Es gebe Gerüchte, daß der Kennedy Airport wieder offen sei. Vielleicht müßten sie aber auch in Boston übernachten. Sie sagte, sie freue sich auf ihn, und er sagte, sie solle auf sich aufpassen. Sie sagte, bis später, und legte sofort auf.
Draußen war es dunkel geworden. Der Schnee fiel unaufhörlich, er fiel und fiel, und außer einigen Taxis, die im Schrittempo fuhren, waren keine Autos mehr zu sehen.
Er hatte mit ihr essen gehen wollen, jetzt hatte er Hunger. Und es würde noch Stunden dauern, bis sie hier war. Im Kühlschrank gab es nur ein paar Dosen Bier, im Gefrierfach eine Flasche Wodka und Eiswürfel. Er dachte, daß er etwas einkaufen sollte. Sie würde bestimmt hungrig sein nach der langen Reise. Er zog seinen warmen Mantel an und Gummistiefel. Er hatte keine anderen hohen Schuhe, die Stiefel hatte er kaum je getragen. Er nahm einen Schirm und ging nach draußen.
Der Schnee lag hoch, aber er war nicht schwer und ließ sich mit den Beinen leicht beiseite pflügen. Alle Geschäfte waren geschlossen, nur in wenigen hatte sich das Personal die Mühe gemacht, auf einem improvisierten Schild den Grund für den frühen Ladenschluß zu nennen.

Er ging quer durch die Stadt. Die Lexington Avenue war schneebedeckt, auf der Park Avenue sah er in einiger Entfernung die orangefarbenen Blinklichter der Schneepflüge, die in einem Konvoi die Straße heraufkamen. Die Madison und die Fifth Avenue waren irgendwann geräumt worden, aber sie waren schon wieder weiß. Hier mußte er über hohe Schneewälle steigen. Er sank ein, und Schnee drang in seine Stiefel.

Über den Times Square lief ein Langläufer. Die Leuchtreklamen blinkten, als sei nichts geschehen. Die farbigen Bewegungen hatten etwas Gespenstisches in der großen Stille. Er ging weiter, den Broadway hinauf. Kurz vor dem Columbus Circle sah er die erleuchteten Fenster eines Coffee Shops. Er war schon früher dort eingekehrt, der Geschäftsführer und die Kellner waren Griechen, und das Essen war gut.

Im Lokal waren nur wenige Gäste. Die meisten saßen allein an einem Tisch an der Glasfront, die bis zum Boden reichte, tranken Kaffee oder Bier und schauten hinaus. Die Stimmung war festlich, niemand sprach, es war, als seien sie alle Zeugen eines Wunders.

Er setzte sich an einen Tisch und bestellte ein Bier und ein Club Sandwich. Der Schnee in seinen Stiefeln begann zu schmelzen. Als der Kellner das Bier brachte, fragte er ihn, weshalb das Lokal noch offen sei. Sie hätten nicht mit so viel Schnee gerechnet, sagte der Kellner, jetzt sei es zu spät. Die meisten von ihnen wohnten in Queens, und dort hinauszukommen sei im Moment unmöglich. Da könnten sie das Lokal ebensogut offenlassen.

»Vielleicht die ganze Nacht«, sagte der Kellner und lachte.

Der Weg zurück schien leichter zu sein, obwohl es immer noch schneite. Er hatte sich ein Sandwich für sie einpacken lassen und gemerkt, daß er nicht wußte, was sie mochte. Er hatte eins mit Schinken und Käse genommen. Keine Mayonnaise, keine Pickles, das wußte er noch.

Sie hatte ihm eine Nachricht hinterlassen, auf dem Anrufbeantworter. Einen Flug habe es nicht gegeben, jetzt sei auch Boston zu. Man bringe sie zum Bahnhof, von dort solle es einen Zug geben. Sie werde, wenn alles gutgehe, in vier Stunden in Manhattan sein. Der Anruf war vor einer Stunde gekommen.

Er schaltete wieder den Fernseher ein. Ein Mann stand vor einer Karte und erklärte, daß der Sturm entlang der Küste nach Norden ziehe, er habe inzwischen Boston erreicht. In New York sei das Schlimmste vorüber, sagte der Mann und lächelte, aber es werde wohl noch die ganze Nacht schneien.

Er schaltete den Fernseher aus und trat wieder ans Fenster. Er dachte nicht mehr an seine Sätze, schaute nur hinaus auf die Straße. Er löschte das Deckenlicht und machte die Schreibtischlampe an. Dann kochte er Tee, setzte sich aufs Sofa und las. Um Mitternacht ging er zu Bett.

Als es klingelte, war es drei Uhr. Bevor er an der Tür war, klingelte es wieder. Er drückte auf den Türöffner und wartete einen Augenblick. Dann trat er, obwohl er nur in Shorts und T-Shirt war, hinaus auf den Flur und ging zum Aufzug. Es schien eine Ewigkeit zu dauern.

Natürlich wußte er, daß sie es war, aber er war doch erstaunt, als die Tür des Aufzugs sich öffnete und er sie vor sich stehen sah. Sie stand einfach nur da, neben ihrem großen roten Koffer, und wartete. Er trat auf sie zu. Als er sie küssen wollte, umarmte sie ihn. Die Tür des Aufzugs schloß sich in seinem Rücken. Sie sagte: »Ich bin so unglaublich müde.« Er drückte auf den Knopf, und die Tür öffnete sich wieder.

Sie teilten sich das Sandwich, und sie erzählte, wie der Zug auf halber Strecke im Schnee steckengeblieben sei, wie er Stunden so gestanden habe, bis endlich ein Pflug das Gleis frei räumte.

»Natürlich hat niemand etwas gewußt«, sagte sie. »Ich hatte Angst, daß wir die ganze Nacht stehen

würden. Wenigstens habe ich warme Kleider dabei.«
Er fragte, ob es immer noch schneie, schaute dann hinaus in die Nacht und sah, daß es fast aufgehört hatte.
»Das Taxi hat mich an der Lexington ausgeladen«, sagte sie. »Es konnte nicht in die Straße rein. Ich habe dem Fahrer zwanzig Dollar gegeben und gesagt, bringen Sie mich hin, egal wie. Er hat den Koffer zu Fuß hierhergeschleppt. Ein kleiner Pakistani. Ein netter Mann.«
Sie lachte. Sie hatten Wodka getrunken, und er schenkte noch einmal ein.
»Und?« sagte sie. »Was ist es denn so Dringendes, worüber du mit mir sprechen willst?«
»Ich liebe den Schnee«, sagte er.
Er stand auf und trat ans Fenster. Der Schnee fiel nur noch in kleinen Flocken, die vom Himmel schwebten, manchmal aufstiegen, als seien sie leichter als Luft, und wieder sanken und im Weiß der Straße untergingen. »Ist es nicht wunderschön?«
Er drehte sich um und schaute sie lange an, wie sie dasaß und an ihrem Wodka nippte. Er sagte: »Ich bin froh, daß du da bist.«

Wie ein Kind, wie ein Engel

Als das Feuerwerk zu Ende war, klatschten die paar Gäste, die sich am Fenster im Hotelflur versammelt hatten. Zwischen den Explosionen der Raketen waren Fetzen von Musik zu hören gewesen, Chöre, eine Orgel und einmal das Läuten von Glocken. Die Musik kam von weit her, vom Ufer des Flusses, und manchmal wurde sie übertönt vom Lärm der Menge, die unten auf der Straße vorüberdrängte. In diesem Moment war es Eric, als gehöre er zu dieser Stadt, diesem Fest, zu diesen Menschen. Der Applaus im Hotelflur brachte ihn zurück. Jemand schloß das Fenster.

Eine Million Menschen hätten das Feuerwerk gesehen, sagte der Kellner, der am nächsten Morgen das Frühstück aufs Zimmer brachte. Auf dem Weg zum Flughafen rechnete Eric: Ein Mensch wird im Durchschnitt siebzig Jahre alt, fünfundzwanzigtausend Tage. Also stirbt jeden Tag einer von fünfundzwanzigtausend. Von der Million Menschen, die gestern abend das Feuerwerk gesehen hatten, mußten rein statistisch schon zwanzig gestorben sein.

Das Taxi fuhr durch einen Vorort, und Eric sah Mütter mit Kindern, alte Leute und an einer Bushaltestelle eine Gruppe junger Mädchen, die nebeneinander auf einer Bank saßen und warteten. Plötzlich verspürte er eine seltsame Rührung, die er sich nicht erklären konnte und die erst nachließ, als das Taxi vor dem Flughafen hielt. Eric wünschte dem Fahrer einen schönen Tag.

Eric arbeitete in der internen Revision eines multinationalen Konzerns im Nahrungsmittelsektor. Zwei Drittel seiner Arbeitszeit verbrachte er bei den Tochtergesellschaften des Konzerns überall in Europa und Nordamerika. Ursprünglich hatte er die Stelle wegen der vielen Reisen angenommen. Er mochte es, herumzukommen und Leute kennenzulernen. Aber mit der Zeit gewöhnte er sich daran, das Reisen wurde zur Routine und schließlich zur Belastung. Es begann damit, daß er im Flugzeug einen Platz am Gang verlangte und sich nicht mehr die Mühe machte, die Mahlzeiten auszupacken.
Er wohnte immer in guten Hotels, konnte Spesen machen, soviel er wollte. Tagsüber arbeitete er, abends führten ihn die Kollegen der Tochtergesellschaften aus, zeigten ihm ihre Städte. Zusammen aßen sie in teuren Restaurants, gingen in Nachtclubs, betranken sich. Manchmal nahm Eric eine

Frau mit auf sein Zimmer, keine Prostituierte, eine jener Frauen, die man nach Mitternacht in den Bars teurer Hotels traf und die wer weiß was suchten. Aber das kam nicht oft vor. Meistens war Eric, wenn ihn der Taxifahrer vor dem Hotel absetzte, so betrunken, daß er ein viel zu hohes Trinkgeld gab oder gar keines und gleich aufs Zimmer ging.

Die Hotelzimmer glichen sich, die Restaurants glichen sich, die Gespräche mit den Kollegen, die Flughäfen, die Städte. Die Reisen waren immer gleich, Eric rauchte und trank zuviel und hatte am Morgen Kopfschmerzen. Am schlimmsten waren die Aufenthalte in Osteuropa. Hier ließen ihn seine Begleiter Wodka trinken oder einen der süßen Schnäpse, auf die sie so stolz waren und die doch alle gleich schmeckten. Und an den Tagen danach waren die Kopfschmerzen noch schlimmer als sonst.

Valdis, der Eric am Flughafen abgeholt hatte, tat, als seien sie alte Freunde, obwohl sie sich jedes Jahr nur ein paar Tage sahen. Er müsse unbedingt etwas länger bleiben, hatte Valdis am Telefon gesagt, als Eric seinen Besuch ankündigte, die Stadt feiere ihr achthundertjähriges Bestehen, es gebe ein riesiges Fest.

Valdis war der einzige in der Buchhaltung, der Deutsch sprach. Er benutzte seltsame Ausdrücke und hatte einen starken Akzent und eine komplizierte Art, sich auszudrücken. Wenn er mit Eric ausging, wollte er ihn immer einladen. Eric sagte dann, die Firma bezahle, er nehme das auf die Spesenrechnung. Es ging um kleine Beträge, aber er wußte, was Valdis verdiente.

Einmal hatte Valdis ihn zu sich nach Hause eingeladen. Er wohnte am Rande der Stadt in einer schäbigen Plattenbausiedlung. Die Wohnung war klein und bieder eingerichtet und erinnerte Eric an die seiner Eltern. Da lernte er Valdis' Frau kennen. Sie war sehr schön, und Valdis schien sie sehr zu lieben. Jedenfalls sagte er, als sie in der Küche war, er sei ein glücklicher Mann.

Nach dem Essen wurde Balzams aufgetischt, ein Kräuterschnaps, den Eric haßte, und danach duzten sie sich. Valdis' Frau hieß Elza. Eric sagte, das sei ein schöner Name, und er würde sie beide gerne einladen, wenn sie einmal in die Schweiz kämen. Aber Valdis sagte, das könnten sie sich nicht leisten, allein die Reise sei unerschwinglich. Eric fragte, ob er sonst etwas für sie tun könne.

»Nein«, sagte Valdis lächelnd. »Du hast die Konten gern ausgeglichen, nicht wahr?«

Das Jahr über hörte Eric nie etwas von Valdis. Deshalb war er erstaunt gewesen, als er eines Tages einen Brief von ihm bekam an seine Privatadresse. Als er den Absender las, mußte er einen Moment lang nachdenken.

Lieber Freund, schrieb Valdis. Das machte Eric stutzig. Valdis schrieb, er habe eine Sorge. Lieber Freund, ich habe eine Sorge. Eric mußte lachen über die umständliche Formulierung. Seine Frau sei krank, schrieb Valdis, er habe Eric ja, wenn er sich recht erinnere, schon bei seinem letzten Besuch erzählt, daß es ihr nicht gutgehe. Inzwischen habe sich herausgestellt, daß es Krebs sei und daß Elza kaum länger als zwei Jahre zu leben habe.

Eric hatte Valdis immer gemocht, aber er verstand nicht, weshalb er ihm das schrieb. Er fand es unangemessen und peinlich. Sie würden sich ohnehin in einem Monat sehen. Valdis schrieb dann von seinen Kindern, daß der Junge nächstes Jahr auf das Gymnasium wechseln werde und das Mädchen Buchhalterin werden wolle wie er.

Erics Frau rief zum Essen. Er drehte das dünne Blatt um und las weiter. Es gäbe, las er, eine Therapie gegen Elzas Krebs. Ein Schweizer Professor habe sie entwickelt, ein ganz neues Verfahren, das noch in der Testphase sei. Aber es werde bei ausgewählten Patienten mit gutem Erfolg angewendet. Gerade bei Fällen wie dem von Elza sei eine Heilung nicht ausgeschlossen. Zumindest bestünde die Hoffnung, daß man ein paar Jahre gewinnen könne, Jahre, in denen vielleicht ein noch wirksameres Verfahren entwickelt werde.

Erics Frau rief noch einmal, und er ging ins Eßzimmer mit dem Brief in der Hand. Die Behandlung sei teuer, schrieb Valdis, unerschwinglich für jemanden aus seinem Land, für ihn, und selbst für einen Schweizer nicht billig. Er habe – hier wurde die Schrift kleiner, vielleicht weil er schon fast das Ende der Seite erreicht hatte – sein Leben lang nie jemanden um etwas gebeten. Er und seine Frau hätten magere Jahre zusammen durchgestanden, ohne sich zu beklagen. Sie hätten auch keinen Grund zur Klage gehabt, sie hätten nicht gelitten, weil sie ja immer zusammengewesen seien und sich liebten. Aber jetzt bitte er Eric, ihm zu helfen. Du wolltest einmal etwas tun für mich, schrieb er, es wäre alles für mich.

Eric legte den Brief beiseite und setzte sich an den Tisch. Seine Frau fragte, von wem der Brief sei, und er sagte es ihr.

»Ist das der mit der schönen Frau?«

»Sie ist krank. Sie hat Krebs.«

Erics Frau seufzte und zuckte mit den Achseln. Von Valdis' Bitte erzählte Eric ihr nicht. Er konnte sich vorstellen, was sie sagen würde.

»Sie haben zwei Kinder«, sagte er.

Valdis hatte Eric den Namen des Professors geschrieben, der das Verfahren entwickelt hatte und an den er sich wenden könne, wenn er Fragen habe. Eric rief den Professor an. Der erklärte ihm kurz die Therapie und sprach von den Erfolgen, die er damit erzielt habe. Er sagte, ja, er kenne den Fall der Frau von Erics Freund. Valdis sei nicht wirklich sein Freund, sagte Eric, sie hätten nur geschäftlich miteinander zu tun. Jedenfalls kenne er den Fall, sagte der Professor, er habe mit dem Arzt der Frau studiert in Freiburg im Breisgau. Er sagte, die Behandlung koste um die hunderttausend Franken. Und er könne absolut nicht garantieren, daß sie erfolgreich sein würde.

»Wir reden hier von vielleicht dreißig Prozent«, sagte er, »maximal. Ich habe gehört, sie soll eine außerordentlich schöne Frau sein.«

Dreißig Prozent, dachte Eric. Valdis hatte von »gutem Erfolg« geschrieben. Um die Hunderttausend aufzubringen, hätte Eric Aktien verkaufen müssen. Und es war klar, daß Valdis das Geld nie würde zurückzahlen können. Er hatte auch nichts von einem Darlehen geschrieben. Er wollte einfach das Geld. Aber das war in seiner Situation verständlich.

Eric schrieb Valdis eine E-Mail, schrieb, daß es am besten sei, wenn sie die Angelegenheit persönlich besprächen, und daß sie sich ja ohnehin in ein paar Wochen sähen. Er hörte nichts mehr, und als er Valdis eine Woche vor seiner Abreise anrief, um die Ankunftszeit durchzugeben, erwähnte dieser Elzas Krankheit nicht und sagte nur, Eric solle seinen Aufenthalt doch etwas verlängern wegen der Jubiläumsfeier.

Valdis sprach auch nicht von seiner Frau, als sie vom Flughafen zur Firma fuhren, und Eric wollte nicht als erster mit dem heiklen Thema anfangen. Er lobte Valdis' Arbeit und sagte, er müsse eigentlich gar nicht mehr kommen, so perfekt, wie immer alles sei. Valdis sagte, das wäre schade, wo Eric denn sonst Balzams trinken wolle und Schaschlik essen.

Eric hatte mit drei Arbeitstagen gerechnet. Am Samstag wollte er sich die Stadt anschauen, den Rückflug hatte er für Sonntag mittag gebucht. Erst als er ankam, erfuhr er, daß der Freitag wegen des Jubiläums zum Feiertag erklärt worden war. Aber wenn Eric wolle, sagte Valdis, komme er trotzdem ins Büro. Dann seien sie ungestört und könnten in Ruhe arbeiten. Eric sagte, sie würden es wohl auch in zwei Tagen schaffen.

»Es macht mir nichts aus«, sagte Valdis. »Dann können wir in Ruhe reden.«

Es war Eric, als arbeite Valdis absichtlich langsam. In der Mittagspause blieb er lange sitzen, und Eric ärgerte sich. Valdis erwähnte die Angelegenheit mit seiner Frau nicht, und Eric hütete sich, davon anzufangen. Sie gingen aus wie in den Jahren zuvor, Valdis führte Eric in ein italienisches Restaurant, das vor kurzem eröffnet worden war und von dem es hieß, es sei sehr gut. Das Essen war in Ordnung, aber der Wein war schlecht und viel zu teuer. Valdis kannte sich nicht aus mit Wein, aber er schien Erics Kritik persönlich zu nehmen. Als sie gingen, machte er keinerlei Anstalten, die Rechnung zu bezahlen wie sonst. Obwohl Eric es nicht zugelassen hätte, ärgerte er sich, und auch, weil Valdis ihn wieder überredet hatte, diesen schrecklichen Balzams zu trinken, und weil er ihm nach dem Essen in den Mantel half.

Valdis wollte unbedingt noch in eine Bar. »Dort verkehren die schönsten Frauen der Stadt«, sagte er. Junge Frauen, die gerne reiche Männer aus dem Westen kennenlernten. Das Lokal lag in der Nähe der Kathedrale. Die Einrichtung war aus Chrom und Leder und die Musik so laut, daß an ein vernünftiges Gespräch nicht zu denken war. Sie standen an der Theke, Valdis trank Balzams, Eric Bier. Neben ihnen standen zwei blonde junge Frauen. Als Valdis sie ansprach, merkte Eric, wie betrunken er war. Valdis legte einer der Frauen den Arm um die Taille und schrie ihr etwas ins Ohr. Sie schien ihn nicht zu

verstehen, runzelte die Stirn und lächelte fragend.
Valdis deutete, während er mit der Frau sprach, zweimal mit dem Kopf auf Eric. Ihr Gesicht verfinsterte sich. Sie schüttelte den Kopf, nahm ihre Freundin beim Arm und zog sie weg. Valdis versuchte, die beiden zurückzuhalten, faßte sie um die Taille, aber sie wanden sich aus seiner Umarmung und verschwanden in der Menge. Valdis kam mit dem Mund so nahe an Erics Ohr, daß dieser seinen Atem spürte.
»Huren«, rief er.
Eric bezahlte die Rechnung und verließ das Lokal. Valdis folgte ihm. Während sie zum Hotel gingen, sagte Valdis, er könne Eric jede Frau beschaffen, die er wolle. Es sei nur eine Frage des Geldes. Eric dachte an Elza. Er fragte sich, ob Valdis ihr treu war. Und sie ihm? Sie hätte jeden Mann haben können, den sie wollte. Valdis stolperte und hielt sich an Erics Arm fest und hängte sich schließlich bei ihm ein. Hunderttausend, dachte Eric, für eine Frau. »Du bist ja betrunken«, sagte er. »Ich will keine Frau.«
Vor dem Hotel setzte er Valdis in ein Taxi, fragte ihn nach der Adresse und gab dem Fahrer Geld.
»Kiburgas iela zwölf«, sagte Valdis. »Dritter Stock, links.«
Bevor Eric die Tür des Taxis zuwarf, fragte er Valdis, ob es ihm gutgehe. Der schaute ihn mit feuchten Augen an und sagte: »Du bist mein Freund.«

Am nächsten Morgen war Eric früh im Büro und hatte schon einige Punkte des Revisionsplans abgehakt, als Valdis kam. Eric sagte, wenn er einigermaßen arbeitsfähig sei, könnten sie heute abschließen. Valdis war ziemlich einsilbig an diesem Tag, aber er arbeitete schnell und beklagte sich nicht. Er war bleich und ging oft zur Toilette, und seinem Gesicht nach zu urteilen hatte er Kopfschmerzen. Am Mittag ließen sie sich Brote bringen, und am späten Nachmittag schlossen sie die Revision ab.
Valdis fragte, was Eric am Abend vorhabe. So wie er aussehe, gehe Valdis besser nach Hause, sagte Eric. Er selbst sei auch ziemlich müde und werde im Hotel eine Kleinigkeit essen und danach vielleicht ins Kino gehen. Valdis nickte und fragte, ob sie sich morgen sehen würden. Eric sagte, er werde ihn anrufen.
»Ich muß dir doch einmal die Stadt zeigen«, sagte Valdis. »Und das Fest. Achthundert Jahre, das ist eine lange Zeit.«

Valdis rief an, als Eric beim Frühstück war. Die Frau an der Rezeption gab ihm einen Zettel mit der Telefonnummer und sagte, der Herr habe um einen Rückruf gebeten. Eric trat hinaus auf die Straße und spazierte durch die Altstadt, die er bis jetzt nur immer nachts gesehen hatte. Gegen Mittag kam er ins Hotel zurück und rief Valdis an. Elza war am Apparat. Sie sagte, ihr Mann habe auf Erics Anruf gewartet, aber vor einer halben Stunde sei er mit den Kindern in die Stadt gefahren. Er habe gesagt, er wolle noch etwas sehen vom Fest. Auf dem Platz vor der Kathedrale spiele das Symphonieorchester.

»Da komme ich gerade her«, sagte Eric.

Elza sagte, Valdis habe gesagt, er werde im Hotel vorbeikommen, um zu sehen, ob Eric da sei. Ob sie keine Lust habe, auch zu kommen, fragte Eric. Nein, sagte Elza, sie möge keine Menschenmassen.

»Ich genieße es, die Wohnung einmal für mich zu haben. Das kommt selten genug vor.«

»Und das Feuerwerk?«

»Mal sehen.«

Eric sagte, er rufe vielleicht später noch einmal an. Dann fragte er Elza, wie es ihr gehe.

»Danke, gut«, sagte sie. »Schade, daß wir uns diesmal nicht sehen. Ich habe gestern fest mit euch gerechnet.«

»Valdis hat nichts gesagt.«

»Er sagte, du wolltest ins Kino.«

»Ich glaube, wir waren beide ziemlich müde. Wir werden auch nicht jünger.«

Elza lachte. Sie sagte, sie habe Valdis selten so betrunken gesehen. Der Taxifahrer habe ihn bis zur

Tür gebracht, um sicher zu sein, daß er es die Treppen hinauf schaffe.

»Ich habe ihm ein gutes Trinkgeld gegeben«, sagte Eric.

Elza schien unbeschwert, und als Eric aufgelegt hatte, dachte er einen Augenblick lang, daß sie vielleicht gar nicht krank sei. Aber dann dachte er, sie ist einfach eine tapfere Frau. Vermutlich wußte sie nicht, daß Valdis ihn um Geld gebeten hatte.

Eric ging hinunter und ließ sich von der Frau an der Rezeption den Weg zum Zentralmarkt erklären. Valdis hatte gesagt, den müsse er unbedingt sehen. Er sei gegen Abend zurück, sagte Eric, falls jemand nach ihm frage.

Der Markt war in vier ehemaligen Zeppelin-Hallen hinter dem Bahnhof untergebracht. Vor den Hallen verkauften alte Frauen Plastiktüten, auf denen westliche Markennamen standen. Überhaupt schienen alle hier irgend etwas verkaufen zu wollen. Manche saßen auf dem Boden und hatten einen alten Karton vor sich, auf dem sie ein paar Sachen ausgebreitet hatten, Tonbandkassetten, Kugelschreiber, kaputtes Spielzeug.

Eric blieb nicht lange auf dem Markt. Das alles stieß ihn ab. Er ging zurück in die Altstadt. In den Straßen hingen Fahnen. Schon am Morgen waren Chöre zu hören gewesen von den Bühnen, die überall aufgebaut worden waren. Immer mehr Menschen drängten sich in den engen Gassen, sie hielten sich an den Händen und gingen schnell, als hätten sie ein Ziel.

Eric kehrte zurück ins Hotel. Die Frau an der Rezeption sagte, ein Mann habe nach ihm gefragt. Er habe mindestens eine Stunde gewartet, dann sei er gegangen. Er habe gesagt, er werde später noch einmal vorbeikommen. Eric bat sie, seinen Rückflug vom Sonntag auf den Samstag umzubuchen. Dann nahm er eines der Taxis, die vor dem Hotel standen, und nannte dem Fahrer Valdis' Adresse. Kiburgas iela zwölf.
Am Rand der Siedlung ließ er das Taxi halten. Er stieg aus und ging zwischen den heruntergekommenen Mietshäusern hindurch. Sie lagen weit auseinander, dazwischen waren Rasenflächen, und hier und da stand eine Birke. Das Gras war lange nicht geschnitten worden, und auch zwischen den Platten der Gehwege und in den Ritzen der Randsteine wucherte es.
Eric suchte das Haus, in dem Valdis und Elza wohnten. Er konnte sich plötzlich nicht mehr an ihren Nachnamen erinnern. Neben den Klingelknöpfen am Hauseingang waren nur Nummern. Er drückte gegen die Tür. Sie war nicht abgeschlossen. Er stieg

die Treppen hoch. An manchen Stellen war die Tapete heruntergerissen.
Auch an den Wohnungstüren waren nur Nummern. Im dritten Stock blieb Eric stehen und lauschte. Er meinte, einen Staubsauger zu hören, aber er war nicht sicher, aus welcher Wohnung das Geräusch kam. Er stand zwei oder drei Minuten da, dachte an Elza und hoffte, daß sie die Tür öffnen würde. Er überlegte, was er sagen würde, wenn sie es tat. Endlich lief er die Treppen wieder hinunter, so leise, wie er gekommen war.
Er ging durch die Siedlung. Außer ein paar spielenden Kindern war niemand zu sehen. Die Straße endete in einem weiten Kreis, in dessen Mitte ein flaches Garagengebäude stand. Ein Mann beugte sich über die geöffnete Motorhaube eines Autos. Er kratzte sich am Kopf. Dann blickte er auf. Eric nickte ihm zu, aber der Mann schaute ihm nur mißtrauisch nach.
Eric ging über die Wiese zwischen den letzten Häusern. Ganz am Rande des Geländes waren ein paar Gemüsebeete, dann kam ein Stück überwuchertes Ödland, dann Wald. Eric folgte einem schmalen Pfad, der zum Wald führte und sich dort zwischen den ersten Bäumen verlor. Die Luft war feucht, und Eric schwitzte. Es war sehr still. Er fragte sich, was er hier suchte.

Als er gegen acht Uhr abends ins Hotel zurückkam, gab ihm die Frau an der Rezeption einen Umschlag, auf dem sein Name stand. Valdis schrieb, man habe ihm gesagt, Eric reise schon morgen ab. So würden sie sich wohl nicht mehr treffen. Er sehe sich heute abend das Feuerwerk an, von der Wohnung von Freunden aus. Wenn Eric noch etwas brauche, könne er ihn dort erreichen oder morgen früh zu Hause. Falls er nichts mehr von Eric hören sollte, wünsche er ihm einen schönen Rückflug und alles Gute. Er freue sich schon auf das Wiedersehen im nächsten Jahr.

Die Luft in Erics Zimmer war warm und stickig. Er war plötzlich sehr müde. Er öffnete das Fenster und legte sich hin.

Das Feuerwerk weckte ihn. Er trat ans Fenster, aber von hier aus war nichts zu sehen. Er ging auf den Hotelflur. Am Fenster neben den Aufzügen standen ein paar Gäste. In ihren Gesichtern spiegelte sich das bengalische Licht. Dreimal dreihundertdreißig Meter gleich ein Kilometer, sagte ein älterer Herr. Im Schatten neben der Treppe stand die junge Frau von der Hotelbar und schaute dem Spektakel über die Köpfe der Gäste hinweg zu. Als das Feuerwerk zu Ende war, eilte sie die Treppe hinunter, zurück an ihre Arbeit. Eine Gruppe Amerikaner applaudierte schwach. Es hat sich doch gelohnt, sagte eine Frau auf deutsch. Sie habe schon geschlafen, sagte sie, und nur schnell den Mantel über das Nachthemd geworfen. Aber es habe sich gelohnt. Eric fragte sich, was das alles sollte. Mit dem Geld, das hier verjubelt wurde, könnte man die Therapie von Elza dreimal bezahlen.

Die anderen Hotelgäste gingen zurück in ihre Zimmer. Eric schaute auf die Uhr. Es war kurz vor Mitternacht, zu spät, um bei Valdis' Freunden anzurufen. Er lief die Treppe hinunter und ging an die Bar.

»Wir haben geschlossen«, sagte die Barfrau.

»Ein kleines Bier?« fragte Eric bittend.

Die Frau lächelte, zuckte mit den Achseln und hob bedauernd die Augenbrauen. Eric setzte sich auf einen der Barhocker und schaute zu, wie sie die Einnahmen zählte. Er legte eine Banknote auf die Theke, ein Vielfaches von dem, was ein Bier kostete. Er fragte die Frau, wie sie heiße. Sie schaute ihn tadelnd an. Dann nahm sie eine Bierflasche aus einer der Kühlschubladen, öffnete sie und stellte sie vor Eric hin. Den Schein schob sie zurück.

»Die Abrechnung ist schon gemacht«, sagte sie, griff sich den Beutel mit dem Geld und ging durch die Halle zur Rezeption. Sie trug eine enge schwarze Hose aus glänzendem Stoff. Eric schaute ihr nach.

Sie ging mit leichten, schnellen Schritten, fast hüpfend, und Eric mußte wieder daran denken, wie sie nach dem Feuerwerk die Treppe hinuntergerannt war. Sie hatte zwei Stufen auf einmal genommen. Es hatte ausgesehen, als flöge sie, wie ein Kind, wie ein Engel. Auf dem Treppenabsatz hatte sie sich mit einer Hand am Geländer festgehalten, hatte sich herumgeschwungen und war verschwunden.

Fado

Alles schien feucht zu sein in Lissabon. Obwohl es nicht regnete, waren die Straßen dunkel vor Feuchtigkeit. An den Häuserwänden und Mauern der Stadt wuchs Moos, und der Himmel war von Wolken bedeckt.

Ich hatte ein Schiff nehmen wollen, aber es gab eine Verzögerung beim Laden der Fracht, und ich mußte warten. Ich hatte meine Kajüte schon bezogen. Lissabon interessierte mich nicht. Im Kopf hatte ich mich von Europa verabschiedet, ich glaubte, was mich erwartete, würde interessanter sein als das, was hinter mir lag. Aber die Zeit auf dem Schiff wurde mir lang. Es gibt nichts Langweiligeres als ein Schiff, das im Hafen liegt.

Ich ging in die Stadt. Den ganzen Tag lief ich durch die Straßen, ohne mir etwas anzuschauen. Ich schlenderte durch abgelegene Viertel, wo Männer auf großen Tüchern Sexmagazine ausgebreitet hatten und verkauften. Ich setzte mich in Cafés, beobachtete am Hafen die Menschen, die von den Fähren stiegen und zur Arbeit gingen. Vom Hügel hinunter schaute ich auf die Stadt und hinaus aufs Meer, das sich im Dunst verlor. Gegen Abend kam ich zum Hafen zurück und erfuhr, daß das Schiff erst am nächsten Tag, einem Sonntag, auslaufen würde. Ich ging noch einmal in die Stadt, um zu essen. In einer kleinen Straße fand ich ein Lokal, in dem Fado gespielt wurde.

Das Essen war schlecht, aber die Musik gefiel mir, sie paßte zu meiner Stimmung. Nach dem Essen blieb ich sitzen. Ich hatte schon einen halben Liter Wein getrunken, jetzt bestellte ich noch einen halben. Die zweite Hälfte, sagte ich zum Kellner, einem kleinen dunkelhäutigen Mann, aber er reagierte nicht. Ich fühlte mich besser und begann, mir Notizen zu machen. Eben hatte ich einen belanglosen Gedanken aufgeschrieben, als eine junge Frau an meinen Tisch trat und mich auf englisch fragte, ob ich mich zu ihnen setzen wolle. Ich hatte sie schon früher bemerkt. Sie saß mit einer anderen Frau an einem Tisch in meiner Nähe. Während des Essens lachten die beiden viel und schauten ein paarmal zu mir herüber.

»Du hast so einsam ausgesehen«, sagte sie. »Wir kommen aus Kanada.«

Ich nahm die Einladung an und folgte ihr mit meinem Glas und der Weinkaraffe.

»Ich heiße Rachel, und das ist Antonia«, sagte sie.

Wir setzten uns.

»Ich heiße Walter.«

»Wie Walt Whitman«, sagte Antonia. »Schreibst du Tagebuch?«

»Was mir einfällt«, sagte ich. »Fast so gut wie reden.«

»Mein Vater hat immer gesagt, nur intelligente Menschen können allein sein«, sagte Antonia.

»Man wird nicht intelligent, nur weil man allein ist«, sagte ich.

Es war nach elf. Der Fadosänger hatte die Gitarre eingepackt und kam an unseren Tisch. Er schien Rachel und Antonia zu kennen. Er setzte sich, und wir redeten über Lissabon und den Fado.

Das letzte Stück sei schön gewesen, sagte Antonia, was das gewesen sei.

»Wenn du nicht weißt, wohin du gehst, warum hörst du nicht auf zu laufen«, rezitierte der Fadosänger. »Ich begleite dich nicht mehr, mein Herz.«

»Amalia«, sagte er, und sein Gesicht bekam einen lächerlich leidenden Ausdruck. *»Diese seltsame Form des Lebens.«*

»Was hat das Leben für eine Form?« fragte Antonia.

»Lang«, sagte Rachel, »oder kurz. Je nachdem.«

»Mein Herz lebt vom verlorenen Leben«, rezitierte der Fadosänger weiter.

Rachel fragte mich, welche Form mein Leben habe.

Ich sagte, ich wisse es nicht. Gar keine vermutlich. Sie zeichnete mit beiden Händen die Umrisse einer Frau in die Luft.

»Die Frau...«, sagte der Fadosänger, und dann irgendeinen Unsinn. Ich wußte, worauf er es abgesehen hatte und daß er es nicht bekommen würde heute nacht. Auch er schien es zu wissen. Trotzdem schrieb er seine Telefonnummer auf eine Serviette und reichte sie Rachel. Er sagte, sie könnten ihn jederzeit anrufen. Jederzeit. Dann gab er allen die Hand und ging.

»Der Mann...«, sagte Rachel und lachte. Antonia sagte, sie sei blöd.

»Hättest du etwa mit dem gehen wollen?« fragte Rachel und zog erstaunt die Augenbrauen hoch.

»Stehst du auf Stierkämpfer?«

»In Portugal gibt es keine Stierkämpfer«, sagte Antonia. »Er hatte eine schöne Stimme.«

Rachel lachte. Sie habe sich einmal mit einem Mann getroffen, der eine schöne Stimme gehabt habe. »Ich kannte den nur vom Telefon. Und als er auftauchte... das glaubst du nicht.«

Antonia sagte noch einmal, Rachel sei blöd. Rachel sagte, die Tiefe der Stimme sei wichtig. Männer mit tiefen Stimmen hätten viel Testosteron. Ich hätte eine tiefe Stimme.

Rachel lachte und sagte, sie hätten mit Luis abgemacht, noch in die Disko zu gehen. »Das ist der kleine Kellner. Wenn er hier fertig ist.«

Rachel und Antonia reisten seit drei Wochen durch Europa. In einer Woche ging ihr Flug von Barcelona aus zurück nach Hause. Rachel erzählte von der Kleinstadt in Kanada, aus der sie stammten, und Antonia unterbrach sie immer wieder und korrigierte sie. Ich hörte zu und sagte nicht viel. Ich war froh über die Gesellschaft.

Alle Gäste waren gegangen, und Luis hatte die Stühle hochgestellt und fegte den Boden. Dann kam er an unseren Tisch.

»Das ist ein Freund«, sagte Rachel. »Er kommt mit in die Disko.«

Luis sagte, es sei nicht weit. Er hatte einen starken Akzent, sein Englisch war schlecht.

»Was für eine tiefe Stimme«, sagte Rachel und lachte. Sie fragte Luis, ob er viel Testosteron habe. Er fragte, was das sei, was sie meine.

»Toro«, sagte Rachel. »Du Stier?«

Antonia sagte, Rachel solle aufhören. Sie sei ja betrunken.

»Du Stier, ich Kuh«, sagte Rachel. Luis schaute sie verständnislos an.

»Du Tarzan, ich Jane«, sagte Rachel.

»Tarzan.« Luis nickte. »Gehen wir.«

Luis sagte, er werde uns die beste Diskothek Lissa-

bons zeigen. Er ging sehr schnell, und wir hatten Mühe, ihm zu folgen. Wir liefen kreuz und quer durch enge Straßen. Schon nach kurzer Zeit hatte ich keine Ahnung mehr, wo wir waren. Rachel erzählte von ihrem Freund, der Pilot bei der Airforce sei.
»Er hat eine ganz tiefe Stimme«, sagte sie, »wie ein Propellerflugzeug.«
Ich fragte Antonia, ob sie auch einen Freund habe. Sie schüttelte den Kopf. Sie habe erst vor kurzem mit dem Studium angefangen, sei umgezogen nach Montreal, wo sie kaum jemanden kenne.
»Sie hat ihrem Freund das Herz gebrochen«, sagte Rachel.
»Unsinn«, sagte Antonia. »Er war nicht mein Freund.«
»Hey, Luis«, sagte Rachel, »*slow down!*«
Nach einer halben Stunde kamen wir endlich ans Ziel. Das Lokal, vor dem wir standen, war klein und schäbig. Luis kannte den Türsteher, aber wir mußten trotzdem Eintritt bezahlen, einen lächerlich hohen Betrag.
In der Diskothek war es schummrig, nur die etwas erhöhte Tanzfläche war hell erleuchtet. Sie war leer, aber einige der Tische waren besetzt. Fast alle Gäste waren Männer. Die Musik war laut. Wir setzten uns an die Bar, tranken etwas und redeten. Luis sagte

nicht viel. Plötzlich stand er auf, stieg auf die Tanzfläche, drehte uns den Rücken zu und begann, vor einem großen Wandspiegel zu tanzen. Im Spiegel sah ich sein Gesicht, das ernst war und konzentriert. Ich hatte den Eindruck, er schaue sich in die Augen. Seine Bewegungen waren aggressiv und immer gleich. Ich fragte Rachel, ob sie tanzen wolle. Antonia blieb allein an der Bar zurück.

Ich war ziemlich betrunken gewesen, aber der weite Marsch hatte mich nüchtern gemacht. Rachel und ich tanzten lange. Wir schauten uns dabei an, Luis betrachtete nur immer sich selbst im Spiegel. Nach vielleicht einer halben Stunde sagte er, hier sei nichts los, er kenne noch bessere Lokale. Antonia sagte, sie müsse ins Bett. Rachel flüsterte ihr etwas ins Ohr. Auch sie sagte, sie wolle schlafen gehen. Sie lachte.

Zu viert gingen wir durch die leeren Straßen. Rachel hatte sich bei mir eingehakt. Luis hatte ihren anderen Arm genommen, aber sie machte sich los. Sie sagte, sie sei kein Kind. Luis hakte sich bei Antonia ein, die sich nicht wehrte und steif neben ihm herging, ohne ihn anzuschauen. Luis erzählte, er komme aus Faro, im Süden des Landes, aber dort gebe es keine Arbeit. Dann schwieg er wieder. Keiner von uns sagte etwas. Wir gingen langsamer als auf dem Hinweg, vorsichtiger, als wollten wir den Abschied hinauszögern. Es war zuwenig geschehen und zuviel, um sich leichten Herzens zu trennen.

Rachel und Antonia hatten ein Zimmer in einer Privatwohnung. Vor dem Haus sagten sie gute Nacht, und wir küßten uns auf die Wangen. Antonia schloß die Tür auf und ging ins Haus. Rachel blieb einen Moment lang in der offenen Tür stehen und winkte mit kindlichem Lächeln. Da trat Luis auf sie zu und drängte sie ins Treppenhaus. Ich folgte ihnen. Hinter mir fiel die Tür mit einem Knall ins Schloß. Dann war es still.

Das Treppenhaus war von einer einzelnen Glühbirne schwach erleuchtet. Antonia wartete auf der Treppe und schaute zu uns herunter. Rachel und Luis standen einander gegenüber und starrten sich an.

»Gute Nacht«, sagte Rachel.

»Ich komme mit rauf«, sagte Luis.

»Wir sind müde. Danke für den schönen Abend.«

Rachel ging hinter Antonia die Treppe hoch. Luis und ich folgten den beiden Frauen.

»Gute Nacht«, sagte Rachel noch einmal.

»Ich bin nicht müde«, sagte Luis.

»Aber wir.«

»Komm, wir gehen«, sagte ich zu Luis und faßte ihn am Arm.

»Ich rufe die Polizei«, sagte Luis. »Ich erzähle ihnen alles.«
»Ruf doch die Polizei. Meinst du, die glauben dir?« sagte Rachel spöttisch. Sie wandte sich zu Antonia um. »Mach schon!«
Antonia drückte auf die Klingel, und aus der Wohnung war ein lautes, metallisches Schellen zu hören. Luis stieg eine Stufe höher. Ich überholte ihn und stellte mich vor ihn. Ich drückte ihn an die Wand, aber ich merkte sofort, daß er stärker war als ich und daß ich keine Chance haben würde, ihn zurückzuhalten. Sein Körper war angespannt, aber er rührte sich nicht. Ich wunderte mich, daß er sich nicht wehrte. Antonia klingelte noch einmal. Wir standen schweigend da, dann öffnete sich endlich die Wohnungstür. Eine vielleicht fünfzigjährige Frau im Morgenrock schaute heraus. Sie sagte nichts. Ich ließ Luis los.
»Ich hole jetzt die Polizei«, sagte er noch einmal und ging die Treppe hinunter.
»Verschwinde!« rief Rachel ihm nach. »Du verdammter Idiot.«
»Komm rein«, sagte Antonia zu mir, und zu dritt betraten wir die Wohnung und gingen in ihr Zimmer. Die Wirtin hatte die ganze Zeit kein Wort gesagt. Sie sah sehr müde aus und verschwand gleich wieder.

»Dürft ihr hier Herrenbesuche empfangen?« fragte ich.

»Du bist hoffentlich kein Herr«, sagte Rachel. »Willst du ein Bier?«

Sie nahm drei Flaschen aus dem Kleiderschrank und öffnete sie. Das Bier war lauwarm. Wir waren leichter und zugleich aufgeregter Stimmung. Wir redeten durcheinander und lachten viel.

»So ein Arschloch«, sagte Rachel.

»Er hat uns zum Essen eingeladen«, sagte Antonia. »Da hat er vielleicht gedacht...«

»Die kommen nicht«, sagte Rachel. »Die Polizei. Und wenn. Dann werfen wir das Zeug aus dem Fenster.«

Sie fragte, ob ich etwas nehme. Sie hatte sich neben Antonia aufs Bett gesetzt. Ich schüttelte den Kopf.

Rachel sagte, sie hätten kaum noch Geld. Ob ich ihnen etwas borgen könne. Ich gab ihr meine restlichen Escudos. Es war nicht viel, und auf dem Schiff würde ich das Geld nicht brauchen. Rachel flüsterte Antonia etwas zu. Antonia verzog das Gesicht. Sie sagte, sie gehe duschen, und verschwand im Flur.

»Was habt ihr geflüstert?« fragte ich.

»Ich habe sie gefragt, was wir dir bieten für fünfzigtausend Escudos.«

Sie lachte und ließ sich aufs Bett fallen.

»Jetzt müßten wir ein ganz breites Bett haben«, sagte

sie. Antonia kam zurück, und Rachel ging duschen. In der Tür blieb sie stehen und sagte, wir sollten anständig sein. »Mama ist gleich zurück.«

Als ich die beiden Frauen verließ, dämmerte es. Wir umarmten uns. Rachel reichte mir eine leere Bierflasche.

»Vielleicht wartet er draußen«, sagte sie. »Dann kannst du dich verteidigen.«

Ich trat auf die Straße. Es war kein Mensch zu sehen. Ich ging durch die leere Stadt mit meiner Bierflasche in der Hand. Ich kam mir lächerlich vor. Nach ein paar hundert Metern warf ich die Flasche in eine Mülltonne. Ich zögerte einen Augenblick, dann warf ich auch den Zettel weg, auf den Rachel und Antonia ihre Adressen geschrieben hatten.

Auf dem Schiff legte ich mich hin, aber ich konnte nicht schlafen und stand bald wieder auf. Ich lief wieder durch die Stadt. Als ich müde war, trat ich in eine kleine Kirche. Drinnen wurde gerade die Messe gelesen. Ich setzte mich auf die hinterste Bank und hörte zu. Manchmal verstand ich das eine oder andere Wort. Am Schluß drehten sich die Gläubigen nach beiden Seiten und schüttelten ihren Sitznachbarn die Hände. Neben mir saß niemand. Ich beeilte mich, die Kirche als erster zu verlassen.

Alles, was fehlt

Die Sekretärin holte David am Flughafen ab. Sie war mit dem Privatwagen gekommen. Sie fragte, ob es ihm recht sei, wenn sie die A4 nehme. Er sagte, er kenne sich nicht aus, es sei ihm egal. Danach schwiegen sie, bis die Wolkenkratzer der Docklands am Horizont auftauchten.

»Die Docklands haben sich in den letzten Jahren zum wichtigsten Finanz- und Geschäftszentrum entwickelt«, sagte die Sekretärin. »Der Wohnraum hier ist von höchster Qualität. Auch für Unterhaltung und Erholung ist gesorgt.«

Sie sprach wie eine Reiseführerin, es klang, als habe sie den Text schon oft aufgesagt. Das Gebiet umfasse zweiundzwanzig Quadratkilometer, sagte sie, es sei größer als die City of London und das West End zusammen. Am Fluß werde David bezaubernde Pubs finden, es gebe gute Einkaufsmöglichkeiten, Kinos und sogar ein Hallenstadion mit mehr als zwölftausend Plätzen. Sie sprach von Drehbrücken, von Segelschiffen und einer Stadtfarm mit lebenden Tieren. Sie sagte, sie heiße Rosemary.

»Die Isle of Dogs ist das Zentrum der Docklands«, sagte sie. »Der Name stammt vermutlich von den königlichen Hundezwingern, die hier früher standen. Aber meine Freunde sagen, der Name komme von den vielen Finanzinstituten, die hier ihren Sitz haben.«

Rosemary lachte entschuldigend. Sie sagte, die meisten ihrer Freunde arbeiteten in anderen Branchen. Sie fragte David, was seine Hobbys seien. Hobbys? fragte er und schaute sie erstaunt an. Was ihn interessiere? Er sagte, er sei nicht interessiert. *I am not interested*, sagte er. *In what?* fragte Rosemary. *In general*, sagte er.

David wußte nicht, wie lange er bleiben würde. Fürs erste war ein Jahr vereinbart worden. Einen Einsatz hatte man es in der Schweiz genannt, eine Mission nannte es sein neuer Chef. Die Zweigstelle in London hatte einen personellen Engpaß, und man war auf ihn gekommen, weil er nicht verheiratet war. Als er zögerte, hieß es, seiner Karriere werde der Aufenthalt nicht schaden, im Gegenteil. Eine gewisse geographische Flexibilität werde bei seiner Position vorausgesetzt.

Es war Freitag, und der Chef stellte David seinen zukünftigen Kollegen vor und sagte dann, er solle am Montag wiederkommen. Jetzt solle er sich erst einmal einleben in London, sich in der Wohnung einrichten und sich die Gegend anschauen. Greenwich sei gleich auf der anderen Seite des Flusses, der Ort, wo die Zeit beginne. Er wünsche ihm ein schönes Wochenende.

»Rosemary bringt Sie in Ihr neues Heim«, sagte der Chef.

Rosemary war wieder schweigsam. Sie lenkte den Wagen an der Themse entlang zwischen Baustellen hindurch nach Süden. Es war nicht weit. Sie fuhren an einem kleinen Park vorbei, und Rosemary zeigte auf den Gebäudekomplex dahinter, eine Reihe ineinander verschachtelter Backsteintürme. Ein Teil der Türme lag an der Themse, ein Teil am Park.

»Da ist es«, sagte sie und bog von der Straße ab. Sie winkte dem Wachmann zu, der in der Einfahrt stand, und er winkte zurück. In der Tiefgarage stellte sie den Wagen auf einen der Besucherparkplätze und sagte, sie werde David in die Wohnung bringen. Er sagte, das sei nicht nötig, er habe ja kaum Gepäck, aber sie bestand darauf.

»Ich werde Ihnen alles zeigen«, sagte sie.

Die Wohnung gehörte der Firma. Sie lag im siebten Stock, der Blick ging nach Norden auf den Park. Vom Balkon aus waren die Wolkenkratzer der Canary Wharf zu sehen und die Themse.

»Dort kommen wir her«, sagte Rosemary und zeigte

in Richtung der Hochhäuser. Sie war David auf den Balkon gefolgt.

Zuletzt habe ein Schwede hier gewohnt, sagte sie, aber es sei alles gereinigt worden und desinfiziert. Der Schwede sei nach New York versetzt worden, er sei noch sehr jung und habe eine glänzende Karriere vor sich.

»Es ist kühl geworden«, sagte sie. »Gehen wir hinein?«

Sie führte David durch die Wohnung, zeigte ihm den begehbaren Wandschrank im Schlafzimmer, die italienische Designerküche, im Wohnzimmer den riesigen Fernseher auf Rollen. Sie kannte die Wohnung, sie hatte vor zwei Jahren schon den Schweden vom Flughafen abgeholt und hierhergebracht. Vielleicht ist sie auch in der Zwischenzeit hiergewesen, dachte David. Ihre Augen hatten geleuchtet, als sie von dem Schweden sprach.

Rosemary war begeistert von der Wohnung. Zweimal sagte sie, sie wohne in einem armseligen kleinen Häuschen in Stepney, das sei auch nicht weit, aber es sei doch viel angenehmer, hier zu leben, unter seinesgleichen, und von wo aus man praktisch zu Fuß zur Arbeit gehen könne.

Sie sagte, es gebe auch im Schlafzimmer einen Antennenanschluß. Wenn er krank sei, könne er den Fernseher bequem hinüberrollen. Magnus, der Schwede, sei oft krank gewesen. Sie zuckte mit den Achseln. Dabei habe er so gesund ausgesehen, so kräftig, und sei immer fröhlich gewesen. Er habe ein gesundheitliches Problem gehabt.

Dann hatte es Rosemary plötzlich eilig. Sie wünschte David ein schönes Wochenende und ging. Er schaute auf die Uhr. Es war fünf.

Als er allein war, ging er ins Bad und wusch sich die Hände. Er schaute sich noch einmal alles genau an. Die Räume waren hell und sauber, die Möbel geschmackvoll. Auf dem niedrigen Beistelltisch im Wohnzimmer lag ein Prospekt der Anlage. *The Icon* hieß der Komplex. Was für ein seltsamer und unpassender Name, dachte David. Er dachte an die Ikonen im Schaufenster eines Auktionshauses, an dem er oft vorbeigegangen war, an diese starren, aufmerksamen Frauengesichter, die alle gleich aussahen und ihn erstaunt anschauten durch das Sicherheitsglas.

David setzte sich aufs Sofa und blätterte im Prospekt. In den Türmen waren hunderteinundfünfzig Wohnungen auf elf Stockwerken untergebracht. Im hinteren Teil des Prospekts waren die Grundrisse aller Wohnungstypen abgebildet. Davids Wohnung war eine der kleinsten, Typ G. Links und rechts von ihm waren Dreizimmerwohnungen des Typs H.

David trat auf den Balkon mit dem Prospekt in der Hand. Wolken zogen über den Himmel, die nur noch an den Rändern weiß waren. Es wehte ein böiger Wind. Es war wirklich kalt geworden. Als David sich umdrehte, um hineinzugehen, sah er auf dem Balkon nebenan eine Japanerin stehen. Sie stand reglos da und schaute zu ihm herüber. Sie war kaum fünf Meter von ihm entfernt. Er wandte sich schnell ab und ging hinein.

Er stand im Wohnzimmer und dachte, ich hätte mich vorstellen sollen. Die Japanerin war seine neue Nachbarin, sie würden sich im Treppenhaus begegnen, auf dem Balkon oder im Fitneßbereich. Einen Moment lang wollte er an ihrer Wohnungstür klingeln, um sich vorzustellen. Aber er wußte nicht, ob das hier üblich war. Am einfachsten wäre es gewesen, sie auf dem Balkon zu grüßen, spontan und unkompliziert. Aber wenn er jetzt noch einmal hinausginge, sähe es aus, als habe er es darauf angelegt, mit ihr ins Gespräch zu kommen.

David lief durch die Wohnung, den Prospekt noch immer in der Hand. Er ging die Liste der Spezifikationen durch. Alles war da. Die Hansgrohe-Armaturen im Bad enttäuschten ihn ein wenig, dafür mochte er die schweren Türen aus Ahorn, die mit einem satten Geräusch zufielen. Im Wohnzimmer kniete er sich hin, um die Qualität des Teppichbodens zu prüfen. Er dachte daran, wie er als Kind in der Kirche gekniet hatte. Dieses Gefühl von Nichtigkeit und Vergebung. Es war eine Art Glück gewesen. Keine Entscheidungen fällen zu müssen, keine Verantwortung zu haben. Manchmal sehnte er sich nach dieser Zeit zurück. In seiner Erinnerung war es Frühling. Die Schatten waren hart und kühl. Die Mutter nahm ihn bei der Hand.

Davids Knie fingen an zu schmerzen, und er stand auf und trug einen Sessel auf den Balkon und setzte sich. Von der Japanerin war nichts zu sehen. Er fröstelte.

Auf der Themse fuhren Touristenboote. Der Park war fast leer. Am anderen Ende war ein Kinderspielplatz. Dort saßen drei Kinder auf Schaukeln, manchmal drang ein sinnloser Schrei herüber. David hörte ein Glockenspiel. *Greensleaves*, er summte die Melodie mit. Sie brach mittendrin ab. Die Kinder reagierten nicht und schaukelten weiter.

Auf der Wiese lag ein bunter Drachen, so groß wie ein Mensch. Im ersten Augenblick hatte David gemeint, es sei ein Mensch, dann sah er einen Mann mit schütterem, sehr hellem Haar, der sich mit schnellen Schritten rückwärts davon entfernte, und dann stieß der Drachen in die Höhe, stieg hoch empor und blieb pendelnd stehen. Das Haar des Mannes war so hell wie sein Gesicht. Er trug einen Rucksack und eine Sonnenbrille. Bei seinem Anblick erfaßte David eine unbestimmte Traurigkeit.

Die Balkone lagen nun im Schatten. Auf keinem war jemand zu sehen, aber auf einigen standen Gartenmöbel aus billigem weißem Plastik. David dachte an eine Liege, die er einmal gesehen hatte, aus geöltem Robinienholz. Es war eine Konstruktion von erstaunlicher Einfachheit, zwei kreisbogenförmige Elemente, die so ineinandergeschoben wurden, daß eines die Sitzfläche, das andere die Rückenlehne bildete. Er hätte sie damals fast gekauft, obwohl seine Wohnung in der Schweiz keinen Balkon hatte. Die Liege lasse sich auf kleinstem Raum verstauen, hatte der Verkäufer gesagt. Jetzt hatte David einen Balkon. Aber es war Herbst, und die nächsten Monate würde er ohnehin kaum draußen sein.

Er werde sich hier wohl fühlen, hatte der Chef gesagt, es hatte wie ein Befehl geklungen. David freute sich nicht auf diese Monate, auf dieses Jahr. Mein Gott, dachte er, ich will hier nicht sein.

Obwohl er keinen Hunger hatte, aß er die Brote, die er sich noch in der Schweiz gemacht hatte. Er war nicht sicher gewesen, ob auf dem kurzen Flug nach London Essen serviert wurde, und hatte deshalb etwas mitgenommen. Einmal, als er nach Mailand geflogen war, hatte es nichts zu essen gegeben, und ihm war übel geworden, und der ganze Tag war verdorben gewesen. Aber im Flugzeug nach London gab es eine Mahlzeit, ein kleines Sandwich und Pastasalat und zum Kaffee Schokolade. Die Mahlzeiten in Flugzeugen hatten David immer zugleich fasziniert und angewidert. Schon die Frage, Huhn oder Fisch, und dann das Essen, das weder mit Huhn noch mit Fisch etwas zu tun hatte, anonymes Fleisch in Plastiknäpfen. Das Flugzeug hatte die Wetterschicht längst verlassen und flog im blauen Einerlei hoch über den Wolken. So stellte David sich das Paradies vor, Fertigmahlzeiten unter blauem Himmel, so stellte er sich die Hölle vor.

David saß kauend auf dem Sofa im Wohnzimmer. Als er die Verpackung der Brote wegwerfen wollte, merkte er, daß er keine Müllsäcke hatte. Er riß ein Blatt aus seinem Notizbuch und schrieb »Müllsäcke« darauf. Er würde eine Liste machen von allem, was fehlte. Morgen würde er einkaufen.

Glück ist eine Einstellungssache, dachte er. London war eine großartige Stadt, das sagten alle. Er würde ausgehen, in Konzerte, ins Kino, in Musicals. Er würde Leute kennenlernen. Mit Rosemary hatte er sich ja schon ein wenig angefreundet. Er würde sie anrufen, gleich morgen. Und vielleicht würde er die Japanerin kennenlernen aus der Nachbarwohnung. Erst jetzt dachte er daran, daß sie vielleicht nicht allein war wie er. Der Gedanke deprimierte ihn.

Er ging in die Küche. Er wollte sich Tee machen. Er öffnete alle Schränke. Dann schrieb er auf seinen Einkaufszettel: Teebeutel. Und gleich noch: Kaffee, Kaffeefilter, Zucker, Sahne. Und: Lebensmittel. Morgen würde er nach Greenwich fahren, wie ihm sein Chef empfohlen hatte.

Als David am nächsten Morgen erwachte, war es nach zehn Uhr. Er versuchte, den Wecker abzustellen, bis er merkte, daß das Klingeln vom Telefon kam. Rosemary war am Apparat. Sie fragte, ob er sich schon etwas eingelebt hätte. Sie habe ihn doch nicht etwa geweckt? Er sei auf dem Balkon gewesen, sagte David. Er habe das Telefon nicht gehört.
Rosemary sagte, sie könne bei ihm vorbeikommen, wenn er wolle, ihm das Viertel zeigen. Wo er einkaufen könne und wo auswärts essen. David bedankte sich. Er werde sich schon zurechtfinden. Es mache ihr nichts aus, sagte Rosemary, wirklich. Sie habe nichts anderes vor. Sie hasse Wochenenden.
»Ich wollte nach Greenwich fahren«, sagte David.
»Wunderbar«, sagte Rosemary, »der Nullmeridian. Dort können Sie gleichzeitig auf beiden Teilen der Welt stehen, der westlichen und der östlichen Hemisphäre.«
Er nehme am besten die Hochbahn bis an die Südspitze der Halbinsel und von da den Fußgänger-

tunnel unter der Themse hindurch. Wenn er wolle, zeige sie es ihm. Er sagte, das sei nicht nötig.

Der Himmel war bedeckt, aber es regnete noch nicht. Die Hochbahn fuhr ohne Lokführer. David hatte es erst gar nicht bemerkt, dann beunruhigte es ihn ein wenig. Scheinbar ungelenkt schoben sich die Züge aneinander vorbei, ferngesteuert aus einer Zentrale, die wer weiß wo lag.
David las in der Zeitung, die auf dem Sitz gegenüber lag, ohne sie anzufassen. In der Nähe der Tower Bridge war der Leichnam eines Kindes gefunden worden. Ein fünf- oder sechsjähriger farbiger Junge trieb im Wasser. Ein Passant bemerkte den Leichnam. Dem Kind waren Arme und Beine abgeschnitten worden. Der Finder wurde psychologisch betreut.
Am Ende der Hundeinsel war ein kleiner Park. David schaute über die Themse auf die weißen Gebäude jenseits des Flusses. Sie wirkten mächtig und still wie aus einer anderen Zeit, einer besseren Zeit. Oben auf dem Hügel stand das Observatorium, wo, wie David im Reiseführer gelesen hatte, jeden Mittag eine rote Kugel fiel. Früher hätten die Schiffe ihre Uhren nach dieser Kugel gestellt. Heute fiel sie nur noch, weil sie immer gefallen war.
Die Tower Bridge lag flußaufwärts. Als David das

schlammige Wasser der Themse vorüberziehen sah, mußte er an das tote Kind denken. Die Vorstellung, unter dem Fluß hindurchzugehen, war ihm plötzlich unerträglich.
David kaufte ein. Alles war unglaublich teuer. Er räumte die Sachen in die leeren Küchenschränke und in den Kühlschrank. Es war beruhigend, die Fülle der Lebensmittel zu sehen. Davon kann ich mindestens zwei Wochen leben, dachte er. Das eine oder andere würde ihm ausgehen, die Milch, aber er würde genug zu essen haben. Und wenn die Vorräte aufgebraucht waren, konnte er mindestens noch einen Monat weiterleben. Er versuchte sich zu erinnern, wie lange die Hungerstreikenden überlebt hatten, über die gelegentlich in den Zeitungen berichtet wurde. Sieben Wochen? Acht Wochen?
Am Nachmittag ging er noch einmal in den Supermarkt und kaufte noch mehr Lebensmittel ein. Diesmal achtete er auf die Haltbarkeit, kaufte Pulvermilch und Dosengemüse, Schokolade und tiefgefrorene Fertiggerichte.

Am Sonntag rief David seinen Vater an. Der Vater stellte keine Fragen. Er erzählte von der Katze des Nachbarn, die von einem Lieferwagen überfahren worden war. Er hatte die Katze gefunden vor seinem Gartentor, ganz flach sei sie gewesen, plattgedrückt, man habe kaum Blut gesehen. Der Unfall schien den Vater zu belustigen.

»Hier haben sie ein Kind gefunden, das im Fluß trieb«, sagte David, »ohne Arme und Beine.«

Noch während des Telefongesprächs schaltete er den Fernseher ein. Er wechselte die Kanäle, bis er bei einer Sendung hängenblieb, in der ein Mann, ein Japaner, seine Hand im Abstand von vielleicht zehn Zentimetern über dem nackten Körper einer Japanerin hin und her bewegte. Die Frau schien dadurch stark erregt zu werden, obwohl sie die Augen geschlossen hatte und nicht sehen konnte, was geschah. David verabschiedete sich von seinem Vater und stellte den Ton lauter. Der Japaner sprach von der Übertragung sexueller Energie. Das Ganze gab sich den Anschein einer wissenschaftlichen Sendung, aber es ging offensichtlich nur darum, nackte Frauen zu zeigen.

Der vermeintliche Wissenschaftler hatte sich ein Experiment ausgedacht. Er setzte eine zweite Frau, ebenfalls eine nackte Japanerin, vor einen Fernseher, in dem ein japanisches Paar beim Geschlechtsverkehr zu sehen war. Diese zweite Frau trug Kopfhörer. Sie zeigte deutliche Zeichen von Erregung. Die andere Japanerin lag noch immer im Nebenzimmer auf dem Bett, und auch sie war sehr erregt, ohne daß irgend etwas mit ihr oder um sie herum geschehen wäre. Der Japaner erklärte, daß die sexuelle Energie der einen Frau sich auf die andere übertrage. Wie und weshalb diese Übertragung stattfinde, sagte er nicht.

Die beiden Japanerinnen waren auf dieselbe Art häßlich wie die Darstellerinnen solcher Filme aus Europa oder den Vereinigten Staaten, die David gelegentlich gesehen hatte. Sie hatten keine häßlichen Gesichter, keine häßlichen Körper. Es schien eine Art innerer Häßlichkeit zu sein, Überdruß oder Ekel oder Unaufmerksamkeit. Er erinnerte sich an einen Film, in dem nackte Frauen in durchsichtiges Cellophanpapier eingewickelt worden waren, Haushaltsfolie. Er schaltete den Fernseher aus. Haushaltsfolie, schrieb er auf den Einkaufszettel.

Er dachte an die Japanerin in der Nachbarwohnung, versuchte, sich auf sie zu konzentrieren. Seine Hand bewegte sich über ihrem nackten Körper hin und her. Er mochte die Vorstellung, daß die Nachbarin drüben in der anderen Wohnung stöhnend auf ihrem Bett lag und fühlte, wie von irgendwoher eine Energie auf sie eindrang, die sie erregte und gegen die sie machtlos war. Aber er zweifelte daran, daß seine sexuelle Erregung irgendeine Wirkung auf die Japanerin hatte.

Dann dachte er wieder an das tote Kind, das gefunden worden war. Er wollte mehr über den Fall erfahren. Das schien ihm das Wichtigste zu sein in diesem Augenblick. Er verließ die Wohnung. Er mußte lange nach einem Kiosk suchen. In der Zeitung stand nicht viel mehr, als er schon wußte.

Die Polizisten hatten den Jungen Adam getauft und sprachen von einem gewaltsamen Tod. Das Kind trug nur orangefarbene Shorts und hatte etwa zehn Tage im Wasser gelegen. Am Hals hatte es Würgemale. Er habe noch nie einen vergleichbaren Fall erlebt, hatte ein Inspektor der Zeitung gesagt, er werde nicht ruhen, bis das Rätsel gelöst sei.

Das Rätsel waren sieben halb heruntergebrannte Kerzen, die am Ufer der Themse gefunden worden waren. Sie waren in ein weißes Tuch gehüllt, auf dem ein Name stand. Adekoye Jo Fola Adeoye, ein gebräuchlicher Name in Nigeria, wie es hieß.

David dachte daran, zur Tower Bridge zu fahren, dann verwarf er den Gedanken. Er konnte sich den toten Jungen nicht vorstellen. Versuchte er es, kamen ihm Bilder in den Sinn, mit denen bei Hungersnöten Geld gesammelt wurde.

Er fragte sich, ob man ihn suchen würde, wenn er am Montag nicht zur Arbeit ginge. Vermutlich würde Rosemary kommen, um nach ihm zu schauen. Aber sie hatte keinen Schlüssel zur Wohnung, das hatte sie betont. Wenn er ihr die Tür nicht aufmachte, würde sie wieder gehen und am nächsten Tag noch einmal kommen. Die Polizei würde frühestens nach drei, vier Tagen alarmiert. Erst klingelten sie, dann öffnete der Hausmeister die Tür. Die Polizisten betraten als erste die Wohnung, gefolgt vom Hausmeister und von Rosemary. Sie schrie, ein kurzer, verhaltener Schrei, und fiel dem Hausmeister um den Hals. Es war wie in einem Film. Die Polizisten machten ernste Gesichter. Davids Leiche lag auf dem Bett, Arme und Beine abgeschnitten, die Laken mit Blut durchtränkt. Davids Glieder wurden nie gefunden. Sein Rumpf wurde begraben in einem ganz normalen Sarg, obwohl ein Kindersarg genügt hätte.

David saß im Wohnzimmer. Eine ungeheure Wut erfüllte ihn, ein tiefer Haß auf die Menschen, die das unschuldige Kind ermordet und verstümmelt hatten. Er wollte etwas tun, etwas verändern. Aber jene, die etwas verstanden, veränderten nichts. Und jene, die etwas veränderten, verstanden nichts. Dabei war David sich noch nicht einmal sicher, ob er etwas verstand. Er war sich nur sicher, daß er nichts verändern würde. Er sah sich den Fernseher vom Balkon in den Park hinunterwerfen, mit einer Axt auf die Hansgrohe-Armaturen im Bad einschlagen. Mit einem Hieb hatte er das Waschbecken zertrümmert. Wasser spritzte aus den Leitungen. Er riß den Duschvorhang herunter, schlug mit der Axt auf den Spiegel ein, der in tausend Stücke zersprang. Er fegte das Geschirr aus den Küchenschränken, warf den Kühlschrank um. Der Fernseher explodierte auf dem Vorplatz. Blut spritzte auf den Teppichboden.

David kniete nieder. Er fuhr mit den Händen durch die Fransen des Teppichs. Er lag auf dem Teppich, krümmte sich zusammen wie ein krankes Tier. Er dachte an die tote Katze, an das verstümmelte Kind, an die Japanerinnen und den falschen Wissenschaftler und den Mann mit dem Drachen. Er dachte daran, wie er als Kind mit seinem Vater einen Drachen gebaut hatte. Er sah das Gesicht des Vaters, die Konzentration und die sorgfältigen Handbewegungen, mit denen er die Holzleisten zusammenfügte, das bunte Seidenpapier darüberspannte, die Schnur kreuzweise befestigte. Als sie den Drachen steigen ließen, war es David, als schnelle er selbst in die Höhe, gelenkt, aber kaum gehalten von der dünnen Schnur, die sein Vater in den Händen hatte.

David dachte daran, wie irgendwo in dieser Stadt jemand Adams Gliedmaßen abgetrennt hatte, diese kleinen Arme und Beine, mit einer Axt, einem Teppichmesser, er konnte es sich nicht vorstellen. Irgend jemand mußte wiedergutmachen, was Adam angetan worden war.

David sah sich einen Drachen bauen für das Kind.

Er konnte ihm nicht viel mehr sagen und zeigen, nur wie die Holzleisten zusammengeleimt wurden, wie die Schnur zu befestigen war, welchen Leim man für das Seidenpapier verwendete. Er sah das Kind den Drachen halten, er sah sich mit der Leine in der Hand über eine große Wiese rennen, sie rannten beide. Loslassen, rief David, und Adam ließ den Drachen los, und er schnellte in die Höhe. David sah sich auf einer Wiese stehen, mit der Schnur in der Hand. Er schaute empor, und Adam schaute empor. Er fühlte das leisen Ziehen des Drachens. Das Rennen hatte ihn erschöpft. Dann kam Adam zu ihm, und er reichte ihm die Leine und legte ihm die Hände auf die Schultern und sagte, vorsichtig, ganz langsam, ich halte dich fest. Es war nur ein Drachen, aber Adam würde sich daran erinnern, wenn die Welt sich teilte.

Es war sehr still in der Wohnung. Erst jetzt bemerkte David die leisen Geräusche aus den Nachbarwohnungen. Er hörte Wasser rauschen, Schritte, ein Radio. Er stand auf und trat auf den Balkon. Nebenan stand die Japanerin und goß die Pflanzen, die dort in großen Tontöpfen wuchsen. Er grüßte sie, und sie grüßte zurück.

»Ich bin der neue Nachbar«, sagte er.

»*Nice to meet you*«, sagte die Japanerin und lächelte.

»*Nice to meet you, too*«, sagte David. Er wollte noch

etwas sagen, aber dann ging er zurück in die Wohnung. Ich habe Zeit, dachte er, es wird schon irgendwie gehen.

Der Aufenthalt

Wir saßen auf dem Bahnsteig auf unseren Reisetaschen. Daniel und ich hatten unsere T-Shirts ausgezogen und saßen mit nackten Oberkörpern da, Marianne trug abgeschnittene Jeans und ein Bikini-Oberteil. Wir schwitzten. Das Blechdach knackte in der Hitze, und über den Gleisen flimmerte die heiße Luft. Der Zug habe Verspätung, hatte der Stationsvorsteher gesagt, mindestens zwei Stunden. Wir hatten uns nicht einmal geärgert, es schien wie ein Wunder, daß bei dieser Hitze überhaupt Züge fuhren.
»Schade, daß wir keine Musik haben«, sagte Marianne.
Das Bahnhofscafé war geschlossen. Daniel sagte, er gehe ins Dorf, Eis holen. Er blieb lange weg, und als er endlich zurückkam, war das Eis schon ganz weich geworden, und wir aßen es in großen Bissen. Dann hörten wir eine Lokomotive pfeifen. Es war noch keine Stunde vergangen. Weit entfernt erschien ein Zug im grellen Licht. Es sah aus, als schwebe er über dem Gleis. Ganz langsam kam er auf uns zu. Der

Bahnhofsvorsteher trat aus seinem Büro. Er trug ein kurzärmliges Hemd und eine Mütze. Der Zug fuhr langsam in den Bahnhof ein, schob sich an uns vorbei. Die Bremsen schrien laut und unendlich lange. Die Waggons waren alt. Sie waren weiß gestrichen, und an den Seiten waren rote Kreuze. Alle Sonnenblenden waren heruntergezogen. Endlich hörte das Kreischen auf, und der Zug hielt mit einem Ruck. Dann war es still.

Der weiße Zug stand da, und nichts geschah. Nur im Stationsbüro klingelte das Telefon immer wieder, und endlich ging der Bahnhofsvorsteher zurück in sein Büro, und kurz darauf hörte das Telefon zu klingeln auf. Über den Parkplatz neben dem Bahnhof kam rasch ein dicker, schwarz gekleideter Mann. Er schwitzte und wischte sich mit einem weißen Taschentuch den Schweiß von der Stirn. Kurz bevor er den Zug erreichte, öffnete sich eine Tür, der Mann stieg ein, und die Tür schloß sich wieder.

»Du bist ganz schön rot am Rücken«, sagte Marianne. »Soll ich dich einreiben?«

Sie zog eine Tube mit Sonnencreme aus ihrem Rucksack, schob ihre Sonnenbrille auf die Nasenspitze, um besser zu sehen, und begann, meinen Rücken einzureiben.

»Was ist mit dem Zug?« fragte Daniel. Er stand auf

und ging den Bahnsteig entlang bis zum Ende des Zuges.

»Alles Kranke«, sagte er, als er zurückkam, »Sonderzug nach Lourdes.«

Ich bemerkte, daß eine der Sonnenblenden etwas nach oben geschoben worden war. In dem schmalen Spalt erschien ein Gesicht. Jemand schaute uns an. Dann wurden auch an anderen Fenstern die Blenden hochgeschoben, und Menschen sahen heraus. Einige ließen ihre Arme aus den Fenstern hängen. Aus manchen Abteilen schaute niemand, aber auch dort waren die Blenden jetzt geöffnet, und ich sah, daß auf den Pritschen Menschen lagen, daß sie sich bewegten. Ich sah einen Rücken, einen Kopf, ein Bein, einmal ein Kissen, das umgedreht wurde. Die Kranken bewegten sich unentwegt, es schien ihnen nicht wohl zu sein, sie mußten Schmerzen haben, unter der Hitze leiden. Es war mir, als seien sie sehr weit von uns entfernt. Aus einem Fenster schaute eine Nonne in heller Tracht und mit einer weißen, geflügelten Haube. In ihrem Gesicht war ein triumphierender Ausdruck.

»Lauter Kranke«, sagte Marianne. »Man könnte meinen, die haben noch nie einen Bikini gesehen.« Sie hatte aufgehört, meinen Rücken einzureiben, wandte sich vom Zug ab und zog ein T-Shirt über.

»Es muß mörderisch heiß sein da drinnen«, sagte ich.

»Das steht uns auch bevor«, sagte Marianne. »Meinst du, die sind ansteckend?«

»Warum starren die uns so an?« sagte ich.

Es war totenstill. Nur manchmal hustete jemand. Ich zündete mir eine Zigarette an.

»Manchmal denke ich, das Leben wäre einfacher, wenn man krank wäre«, sagte Daniel. »Dann wüßte man, woran man ist.«

»Denkst du, die Kranken glauben wirklich daran?« fragte Marianne.

»Klar«, sagte ich, »aber es hilft natürlich nichts.«

Am Fenster direkt vor uns stand eine alte Frau. Ihr Arm hing schlaff herunter. Sie bewegte die Finger, als prüfe sie einen Stoff oder lasse Sand durch die Finger rieseln. Hinter uns ertönte ein lautes Rattern. Die Blechjalousie des Bahnhofscafés wurde hochgezogen. Ein Mann in einer weißen Weste trug ein paar Plastiktische und Stühle auf den Bahnsteig. Als er im Lokal verschwand, stand ich auf und folgte ihm.

»Wasser«, rief Marianne mir nach, und Daniel: »Für mich auch.«

An der Bar stand der Bahnhofsvorsteher, er mußte durch den Seiteneingang gekommen sein.

»Ein Toter«, sagte er zu mir und deutete mit dem

Kopf in die Richtung des weißen Zuges, »bei der Hitze.«

»Einer Tante von mir hat es geholfen«, sagte der Barmann, »Gürtelrose. Und als sie von Lourdes zurückkam, war es weg. Aber anerkannt wurde es nicht. Die hat sich geärgert, das kannst du mir glauben.«

Ich bestellte die Getränke.

»Sie sind noch jung«, sagte der Bahnhofsvorsteher zu mir. »In Ihrem Alter dachte ich noch nicht an solche Sachen. Aber eine gute Gesundheit, das ist das größte Geschenk.«

Als ich aus dem Café trat, sagte Marianne: »Die holen einen raus.«

»Ein Toter«, sagte ich, »ich weiß.«

Die Tür eines Waggons war geöffnet worden. Dort stand mit dem Rücken zu uns ein Mann in einer leuchtend orangefarbenen Weste. In seinem Nacken glänzte der Schweiß. Vorsichtig stieg er die Treppe herunter, dann folgte eine Bahre, dann ein zweiter Mann mit orangefarbener Weste. Am Schluß kamen der dicke Mann mit dem schwarzen Anzug und eine Nonne. Die Kranken schauten jetzt zu der kleinen Gruppe, die neben dem Zug stehengeblieben war. Da rannte die Nonne mit kurzen Schritten an den Waggons entlang, rief etwas und wedelte mit den Händen, als wolle sie Hühner verscheuchen. Einige der Kranken zogen die Köpfe zurück. Daniel lachte.

Die beiden Sanitäter trugen die Bahre weg. Der Priester folgte ihnen.

»Schwitzen Tote eigentlich?« fragte Daniel. »Oder hört das gleich auf?«

»Sie haben es alle gewußt«, sagte Marianne, »und dabei haben sie mich angeschaut. Ist das nicht furchtbar.«

»Mit Verlusten muß man rechnen«, sagte Daniel.

»Es ist schrecklich«, sagte Marianne, »da stirbt einer vor unseren Augen, und ich reibe dir den Rücken ein wegen einem lächerlichen Sonnenbrand.«

»Der war schon tot, als sie hier angekommen sind«, sagte ich, »darum haben sie überhaupt gehalten. Darum sind sie so langsam gefahren.«

»Was hat das denn damit zu tun?« sagte Marianne.

Als der Zug sich wieder in Bewegung setzte, zogen auch die letzten Kranken die Köpfe zurück. Die Sonnenblenden schlossen sich.

»Ich möchte wissen, wann die ankommen«, sagte Marianne. »Wie weit, glaubt ihr, ist es von hier nach Lourdes?«

»Ich weiß nicht«, sagte ich. »Vor morgen früh sind sie bestimmt nicht da.«

»Alle sind immer irgendwohin unterwegs«, sagte Daniel, »sogar die Kranken. Sogar die Toten. Den bringen sie bestimmt zurück. Als ob es eine Rolle spielt.«

Ich stellte mir vor, wie der Zug durch die Nacht fuhr,

wie er durch Dörfer und Städte fuhr, wo die Menschen in ihren Häusern schliefen und nichts ahnten von diesen Kranken, die nicht schlafen konnten vor Schmerz und Aufregung. Und wie am Morgen am Horizont die Pyrenäen auftauchten im Dunst.
»Ein Zug voller Kranker«, sagte ich, und Marianne schüttelte den Kopf.

Deep Furrows

Dr. Kennedy schien eine Antwort zu erwarten. Er nahm einen großen Schluck aus seinem Bierglas und schaute mich an. Die Geburt, hatte er gesagt, sei nicht das Gegenteil vom Tod, sie sei dasselbe.
»Wir kommen aus dem Tod und gehen zurück in den Tod. Es ist, als betrete man einen Raum und verlasse ihn wieder.«
Das sei natürlich banal, sagte er, jeder wisse, daß der Körper sich aus dem Anorganischen erschaffe, aus dem Nichts der Materie, und darin wieder auf- oder untergehe. Das lerne man in der Schule, und dann vergesse man es und glaube an irgendeinen Unsinn. Ich schaute zu den Musikern hinüber, die in der Mitte des Pubs im Kreis saßen und redeten. Manchmal spielte der eine oder andere ein paar Töne, manchmal fiel ein zweiter ein, aber die Melodien gingen immer wieder unter im Lärm der Gespräche. Die Adresse des Lokals hatte mir Terry gegeben, den ich vor einigen Tagen zufällig auf der Straße getroffen hatte. Ich hatte mich verlaufen und ihn nach dem Weg gefragt, und er begleitete mich. Wir spra-

chen über Musik, und er empfahl mir das Gemeinschaftszentrum. Da werde echte irische Musik gespielt, sagte er, jeder, der ein Instrument habe, könne mitspielen. Er singe da manchmal. Und er male auch und schreibe Gedichte. Er werde mir eines seiner Gedichte schenken, wenn ich hinkomme. Als wir uns trennten, reichte er mir seine Karte, Terry McAuley, Genealogie. Die Karte war in Plastik eingeschweißt, und als ich sie gelesen hatte, streckte Terry die Hand aus, und ich gab sie ihm zurück.

Ich war früh ins Zentrum gekommen und hatte mich im Gebäude umgeschaut. In einem Zimmer saßen sich zwei junge Männer gegenüber und spielten Gitarre, in einem anderen übte ein alter Mann mit ein paar Kindern ein Lied. An der Wandtafel stand der gälische Text, aber der Mann sprach Englisch mit den Kindern.

»Ihr müßt beim Singen die Frage stellen und die Antwort geben«, sagte er.

Hinten im Raum saßen einige Erwachsene und hörten zu. Die Türen zu allen Räumen standen offen, und im Flur vermischte sich die Musik. Von irgendwoher war eine Trommel zu hören.

Ich ging ins Pub. Die Musiker kamen einer nach dem anderen, ein Dutzend Frauen und Männer, junge und alte. Sie packten ihre Instrumente aus,

Geigen und Gitarren, Tin Whistles und Trommeln. Ein Mann stimmte seine Geige, eine Frau spielte ein paar Töne auf der Flöte, die anderen Musiker redeten und lachten durcheinander. Da setzte Dr. Kennedy sich zu mir, obwohl es noch freie Tische gab. Ich wollte meine Ruhe, aber er fing gleich an zu reden. Er stellte sich vor, und auch ich nannte meinen Namen. Danach sagte ich nicht mehr viel. Dr. Kennedy erzählte etwas, dann etwas anderes.

Terry war hereingekommen und hatte sich an die Bar gesetzt. Ich winkte ihm zu, aber er reagierte nicht, es war, als sehe er mich nicht. Er bestellte einen Ananassaft. Ob ich Terry kenne, fragte Dr. Kennedy. Ein armer Kerl, sagte er, Epileptiker. Er habe in der Teppichfabrik gearbeitet, aber so viele Anfälle gehabt, daß man ihn schließlich entlassen mußte. Jetzt sei er arbeitslos und lebe von der Sozialhilfe.

»Früher hat er gut gesungen. Und er ist der beste Pfeifer der Gegend gewesen. Er hat Wettbewerbe gewonnen.«

Dann schimpfte der Doktor über Irland und die Iren. Die Inzucht, sagte er, sei das Übel. Deshalb die Unruhen, die Arbeitslosigkeit, der religiöse Fanatismus, der Alkoholismus. Er habe aus diesem Grund eine deutsche Frau geheiratet. Um frisches Blut in die Gegend zu bringen. Er sei wirklich nach

Deutschland gefahren, um eine Frau zu suchen, eine Mutter für seine Kinder. Seine Frau sei eine Luther, ja, entfernt verwandt mit dem Reformator.

Einmal gab es in den Gesprächen ringsum eine kurze Pause. Er habe drei Töchter, sagte Dr. Kennedy gerade, und in der plötzlichen Stille klang der Satz viel zu laut. Ein paar der Gäste lachten und schauten zu uns herüber, dann redeten wieder alle durcheinander.

Das Lokal, in dem wir saßen, erzählte der Doktor, sei früher eine Feuerwache gewesen, dann ein Gemeinschaftszentrum, in dem nur Gälisch gesprochen werden durfte. Ein Unsinn. Inzwischen sei es offen für alle. Woher ich denn käme? Die Schweiz sei schön. Da hätten sich die Völker vermischt. Nicht wie hier.

Später fing Terry an zu singen, und einige Musiker begleiteten ihn. Aber er sang nicht gut, und irgendwann langweilten sich die Musiker und spielten schneller und liefen dem Gesang davon. Terry verhaspelte sich, stolperte über die Worte. Dann klatschten die wenigen Zuhörer, bis er abwehrend die Hand hob und aufhörte zu singen.

Ich holte mir an der Theke ein Bier. Als ich zurückkam, fragte Dr. Kennedy, wie lange ich noch im Land sei. Und ich solle ihn doch einmal besuchen. Er habe oft Gäste aus dem Ausland. Ob ich morgen abend Zeit hätte. Er gab mir die Adresse und stand auf. Ich blieb sitzen.

Am nächsten Abend ging ich zu Dr. Kennedy. Das Haus lag auf einem Hügel am Rande der Stadt. Ich hatte einen Bus genommen, der durch ärmliche Viertel fuhr und dann über Grasland. Das Grundstück, auf dem das Haus des Doktors stand, war von einer hohen Ziegelsteinmauer eingegrenzt. Am schmiedeeisernen Tor war ein Schild, *Deep Furrows*. Ich klingelte. Das Tor öffnete sich mit leisem Surren. Als ich durch den Garten auf das Haus zuging, kam mir der Doktor entgegen. Er gab mir die Hand und legte mir den Arm um die Schulter, als seien wir alte Freunde.

»Meine Frau und meine Töchter sind schon ganz gespannt«, sagte er und führte mich zu einem etwas heruntergekommenen weißen Bungalow. Vor dem Eingang war ein Teich mit Goldfischen. Wir traten ins Haus. Im Flur standen vier Frauen.

»Meine Cathy«, sagte der Doktor, »mein Käthchen. Und meine drei Töchter Desiree, Emily und Gwen.« Ich schüttelte vier Hände. Der Doktor redete über irgend etwas, aber ich konnte meine Augen nicht von den drei Schwestern abwenden. Sie glichen einander, alle mußten um die dreißig sein, waren gleich groß und schlank. Ihre Gesichter waren bleich und ernst, aber immer bereit zu einem schnellen Lächeln. Ihr Haar war lang, das von Desiree und Gwen kastanienbraun, das von Emily hatte einen rötlichen Schimmer. Alle drei trugen Wickelröcke und altmodische Blusen und dünne wollene Strümpfe. Dr. Kennedy fragte, ob mir seine Töchter gefielen. Ich wußte nicht, was ich sagen sollte. Die Schwestern waren sehr schön, aber in der Wiederholung hatte ihre Schönheit etwas Absurdes.

»Sind sie nicht perfekte Geschöpfe?« sagte der Doktor und führte mich ins Wohnzimmer, wo der Tisch schon gedeckt war.

Dr. Kennedy hatte mir im Pub gesagt, seine Frau würde sich bestimmt freuen, wieder einmal Deutsch zu sprechen. Aber sie sprach während des ganzen Essens kaum ein Wort. Sie hatte mich auf deutsch begrüßt, mit starkem englischem Akzent. Ich konnte mir nicht vorstellen, daß sie eine Deutsche war. Als ich sie fragte, wo sie aufgewachsen sei, sagte sie, im Osten. Sie war wieder ins Englische zurückgefallen. Während wir aßen, redete der Doktor über Politik und Religion. Er war Protestant. Ich fragte, ob sein Name nicht irisch sei. Er zuckte mit den Achseln. Die drei Töchter waren so schweigsam wie ihre Mutter, aber sie waren sehr aufmerksam. Schaute ich sie an, lächelten sie und boten mir Wein an oder reichten mir die Schüsseln, wenn mein Teller leer war.

Einmal fragte ich Gwen, ob es denn nicht sehr einsam sei hier draußen. Sie sagte, sie alle liebten dieses Haus. Und es gebe viel zu tun. Ob ich den Garten gesehen hätte?

»Du kannst ihn unserem Gast morgen zeigen«, sagte Dr. Kennedy.

Der Garten sei Gwens Revier, sagte er. Das von Desiree seien die Zahlen. Sie führe die Buchhaltung und sorge dafür, daß immer genug Geld im Haus sei. Und Emily? Emily sei die Begabteste von allen, sein liebstes Kind. Sie lese viel und schreibe und musiziere und male.

»Unsere Künstlerin«, sagte der Doktor, und die Frauen lächelten und nickten. »Vielleicht zeigt sie Ihnen ihre Mappe. Aber nicht heute abend.«

Nach dem Essen räumten die Schwestern ab, und Dr. Kennedy führte mich in sein Arbeitszimmer. Wir setzten uns in Ledersessel, und er schenkte Whiskey ein und bot mir eine Zigarre an. Er redete wieder über Politik und erzählte mir von seiner Arbeit im Krankenhaus. Er sei Orthopäde, Spezialist für Knieverletzungen. Er erzählte von der Selbstjustiz in den armen Vierteln.

»Wenn einer mit Drogen erwischt wird oder Autos stiehlt oder sonst einen Unfug macht, bestellen sie ihn zu einer bestimmten Zeit an einen bestimmten Ort und schießen ihm ins Knie. Wenn er nicht hingeht, wird die ganze Familie aus der Stadt vertrieben.«

Es sei dumm und nutzlos und widerlich, sagte der Doktor. Er schüttelte den Kopf und schenkte Whiskey nach. Irgendwo im Haus spielte jemand Geige. »Emily«, sagte Dr. Kennedy und lauschte. Ein Lächeln erhellte sein Gesicht.

Desiree kam herein. Sie ging zum Bücherregal, zog ein Buch heraus und begann, darin zu blättern. Der Doktor deutete mit dem Kopf auf sie und zog die Brauen hoch.

»Sie sind uns sehr willkommen«, sagte er. »Wir werden alle sehr glücklich sein.«

Dann fragte er mich nach meiner Familie, wo ich aufgewachsen sei. Ich schaute zu Desiree hinüber. Sie lächelte, senkte den Blick und blätterte wieder in ihrem Buch. Ob ich oft krank sei, wollte der Doktor wissen. Ich schaue gesund aus, er sähe das in den Augen. Wie alt meine Großeltern geworden seien? Und ob es in der Familie Erbkrankheiten gäbe, Fälle von Geisteskrankheit? Ich lachte.

»Mein Beruf«, sagte der Doktor und schenkte die Gläser wieder voll.

»Solange Sie mir kein Blut abnehmen...«

»Warum nicht«, sagte er lächelnd. »Warum nicht.«

Ich war es nicht gewohnt, Whiskey zu trinken, und mir war schwindlig. Als der Doktor sagte, es fahre kein Bus mehr um diese Zeit und ich könne gern hier übernachten, zögerte ich nicht lange und nahm das Angebot an.

»Desiree wird sich um Sie kümmern«, sagte er, stand auf und ging zur Tür. »Gute Nacht.«

Die Musik war schon vor einiger Zeit verstummt. Als ich mit Desiree auf den Flur trat, hörte ich die leiser werdenden Schritte des Doktors, dann war es still im Haus. Desiree sagte, alle seien zu Bett gegangen. Die Tage in *Deep Furrows* seien erfüllt von Arbeit, sie begännen und endeten früh. Sie führte mich ins Gästezimmer, verschwand und kam kurz darauf mit einem Handtuch, einem Pyjama und einer Zahnbürste zurück. Sie sagte, sie schlafe im Zimmer nebenan. Falls ich irgend etwas brauchte oder wünschte in der Nacht, solle ich einfach klopfen. Sie habe einen leichten Schlaf.

Ich ging ins Badezimmer. Als ich zurückkam, stand Desiree in meinem Zimmer. Sie trug jetzt einen Morgenmantel und hatte die Tagesdecke vom Bett genommen und das Laken zurückgeschlagen. In der Hand hielt sie ein Glas Wasser. Sie fragte, ob ich eine Wärmflasche wolle, ob sie die Heizung höher stellen solle, die Vorhänge schließen? Ich bedankte mich und sagte, ich hätte alles, was ich brauchte. Sie stellte das Wasser auf den Nachttisch und blieb neben dem Bett stehen.

»Ich werde dich zudecken«, sagte sie.
Ich mußte lachen, und sie lachte auch. Aber dann schlüpfte ich ins Bett, und sie deckte mich zu.
»Wärst du mein Bruder«, sagte sie, »ich würde dich küssen.«

Ich wachte früh auf. Im ganzen Haus war Betrieb. Ich schlief noch einmal ein. Als ich nach neun in die Küche kam, war Gwen dabei, das Geschirr abzuwaschen. Sie deckte den Tisch für mich und sagte, nach dem Frühstück werde sie mir den Garten zeigen. Der Vater habe die Mutter mit in die Stadt genommen, und Desiree sei im Büro. Während ich aß, hörte ich wieder die Geige, eine leise, traurige Melodie.
»Ist es nicht wunderschön?« sagte Gwen. »Die Musik, das Haus und alles?«
»Du müßtest im Frühling hier sein«, sagte sie, als sie mich durch den Garten führte. Sie zeigte mir die Hortensien, die Flieder- und Hibiskusbüsche, auf die sie sehr stolz war. Sie erzählte von ihren Zuchterfolgen und von den Preisen, die sie gewonnen hatte. Sie hielt eine Heckenschere in der Hand, und während sie sprach, bückte sie sich manchmal und zerschnitt eine Schnecke und schaute zu, wie sich der Kadaver um die schäumende Wunde krümmte. So stelle sie sich das Paradies vor, sagte sie, den Got-

tesgarten, und darin die Seligen, die ihn bebauten und erhielten.

»Ein Leben nur mit Blumen«, sagte sie, »immer im Garten, Sommer und Winter. Und darin wirken.«

Als ich am Abend vorher angekommen war, hatte ein böiger Wind geweht, aber hier im Garten war die Luft still und unbewegt. Der Himmel war grau, das Licht trüb, als falle es wie durch einen Filter auf uns.

Gwen nahm mich bei der Hand und sagte, sie wolle mir etwas zeigen. Sie führte mich zu einem kleinen Gehölz am Rande des Grundstücks. Unter einer Eiche mit seltsam geformten, wächsernen Blättern war eine verwitterte Steintafel in den Boden eingelassen. »Meine Großeltern«, sagte sie. »Hier sind sie geboren, hier sind sie gestorben. Beide am selben Tag.«

Gwen kniete nieder und fuhr mit den Händen über den Stein.

»Mein süßes Lieb, wenn du im Grab,
Im dunkeln Grab wirst liegen,
Dann will ich steigen zu dir hinab,
Und will mich an dich schmiegen.«

Gwen rezitierte das Gedicht auf deutsch, ich hatte es erst gar nicht gemerkt. Ich bat sie, es zu wiederholen.

»Unsere Mutter hat uns Gedichte beigebracht«, sagte sie. »Es ist so schön. Dieser Schmerz und die Liebe.« Am selben Tag seien die Großeltern gestorben, sagte sie noch einmal, so sehr hätten sie sich geliebt. Die Beerdigung sei ein Freudenfest gewesen. Ich kniete nieder, um die Schrift auf dem Stein zu lesen. Die Namen konnte ich nur mit Mühe entziffern, das Geburtsjahr war verwischt, die ersten Ziffern des Todesjahres waren 188.

»Wie können sie deine Großeltern gewesen sein, wenn sie vor mehr als hundert Jahren gestorben sind?« sagte ich. »Wie kannst du dich an die Beerdigung erinnern?«

Aber Gwen war verschwunden. Ich hörte ein Rascheln im Laub und stand auf und trat in das kleine Gehölz. Gwen ging vor mir her, manchmal sah ich sie zwischen den Bäumen. Als ich sie erreichte, stand sie an die hohe Mauer gelehnt, die das Grundstück umgab. Sie sagte: »Ich bin die Lilie der Täler und du der Apfelbaum.«

Sie lachte und schaute mir in die Augen, bis ich den Blick abwandte. Dann stieß sie sich von der Mauer ab und ging davon in Richtung des Hauses. Die Arme hielt sie auf dem Rücken verschränkt. Ich folgte ihr in einigem Abstand. Bei den Rosenbeeten sagte sie, ich solle schon hineingehen, sie habe hier draußen noch zu tun.

Drinnen im Haus war es still. Nur die leise Stimme der Geige war zu hören, die immer gleiche Tonfolge. Ich ging in die Küche und schenkte mir eine Tasse Kaffee ein. Die Musik hatte aufgehört, dann fing sie wieder an. Es war eine Melodie, die ich kannte, ich wußte nicht, woher. Ich folgte ihr und kam zu einer Tür. Die Musik war jetzt ganz nah. Als ich klopfte, brach sie ab, es war einen Moment lang still, dann öffnete sich die Tür.
»Ich habe auf dich gewartet«, sagte Emily und ließ mich ein.
»Was war das für ein Lied?« fragte ich.
»Ich spiele nur so«, sagte sie. »Das habe ich mir ausgedacht.«
Sie zeigte mit dem Bogen auf das Sofa. Ich setzte mich, und Emily fing wieder an zu spielen. Ihr Gesicht war konzentriert und sorgenvoll. Die Musik war sehr schön. Die Melodien gingen unmerklich ineinander über, und oft meinte ich, die eine oder andere zu kennen, aber ich konnte mich wieder nicht erinnern, woher. Dann brach Emily mitten in einer Melodie ab. Sie sagte, sie fände keinen Schluß, nie fände sie das Ende, sie müsse immer weiterspielen. Sie spiele ja nur noch, um den Schluß zu finden. Sie habe geträumt davon, oft.
»Ich gehe durch den Garten. Ich höre das Lied, es hört nicht auf. Ich kenne die Melodie, aber nicht das

Ende. Ich suche im Garten danach. Dann findet mich mein Vater. Er nimmt mir meinen Mantel weg. Und wenn ich erwache, finde ich ihn nicht mehr.«
Emily setzte sich neben mich aufs Sofa. Sie beugte sich über die Geige, die sie wie ein Kind in den Armen hielt. Den Kopf hatte sie in den Nacken gelegt, als lausche sie auf etwas. Ich fragte sie, ob sie nie daran gedacht habe, von hier wegzugehen. Sie schüttelte langsam den Kopf und sagte: »Ich habe mein Kleid schon abgelegt, wie sollte ich es wieder anziehen?«
Sie legte die Geige weg mit einer ungeduldigen Geste und sagte: »Wohin würden wir denn gehen?«
Ich fragte sie, ob sie mir ihre Bilder zeige. Sie schüttelte den Kopf.
»Wenn du wiederkommst«, sagte sie.
Ich sagte, ich gehe jetzt.
»Ich werde dich nicht zum Tor begleiten«, sagte sie und stand mit mir auf. Ich meinte, sie wolle mich auf die Wange küssen, aber sie flüsterte mir etwas ins Ohr und schob mich zur Tür hinaus. Als ich durch das Haus ging, hörte ich, wie Emily wieder zu spielen anfing, dieselbe traurige Melodie, die sie gestern abend gespielt hatte und am Morgen und die ich noch immer nicht erkannte.

Ich verließ das Haus und ging durch den Garten. Gwen war nirgends zu sehen. Das Tor war verschlossen. Ich kletterte hinüber und war erleichtert, als ich auf der Straße stand. Ich wollte nicht warten, bis der Bus kam, und lief den Hügel hinunter. Am Morgen war der Himmel bewölkt gewesen, jetzt wehte ein böiger Wind und trieb immer neue und dunklere Wolken über den Himmel. Die Bäume am Straßenrand bewegten sich heftig, als wollten sie sich von der Erde losreißen. Im Osten sah es nach Regen aus. Als ich den Fuß des Hügels fast erreicht hatte, kam mir ein alter weißer Mercedes entgegen. Er hielt neben mir. Dr. Kennedy lehnte sich über den Beifahrersitz und kurbelte das Fenster herunter.
»Sie gehen schon?« fragte er. »Wer hat Sie herausgelassen?«
Er sagte, ich könne gern bei ihnen wohnen bleiben. Ich sagte, ich hätte ja nichts dabei, meine ganzen Sachen seien in der Pension. Er sagte, er werde mich hinfahren, wir könnten mein Gepäck holen und gleich zurück sein. Er öffnete die Tür, und ich stieg ein.
Auf dem Weg in die Stadt begann es zu regnen. Ich fragte Dr. Kennedy nach dem Grab in seinem Garten. Er sagte, er wisse nicht, wer dort begraben sei. Er habe das Grundstück vor dreißig Jahren gekauft. Den Stein habe er erst während der Bauarbeiten ent-

deckt. Er sagte, er interessiere sich nicht für die Toten. Dann fragte er mich, welche seiner Töchter mir am besten gefalle. Ich sagte, sie seien alle drei schön.

»Ja, schön sind sie alle«, sagte er, »aber Sie müssen sich schon entscheiden. Wir werden alle sehr glücklich sein.«

Wir fuhren durch eine Siedlung mit häßlichen Wohnblocks. Am Straßenrand spielten Kinder, und an einer Imbißbude standen ein paar Männer mit Bierdosen und schauten uns nach. Ich fragte den Doktor, ob es ein katholisches oder ein protestantisches Viertel sei. Das spiele keine Rolle, sagte er, das Elend sehe überall gleich aus. Wie das Glück. Er sagte, das alles widere ihn an. Ich fragte ihn, ob er sich nie überlegt habe wegzuziehen. Er sagte, er habe eine Mauer gebaut um sein Haus. Und er passe auf, wer in seinen Garten komme. Er fragte noch einmal, wer mich herausgelassen habe. Er blickte mich an.

»Ich bin über das Tor geklettert«, sagte ich.

Das Gesicht des Doktors wurde ausdruckslos. Er sah müde aus. Er schwieg und schaute wieder auf die Straße. Vor der Pension hielt er an und sagte, er werde im Wagen warten.

Ich ging auf mein Zimmer und packte meine Sachen. Ich dachte daran, was ich schon alles gesehen hatte und was ich noch sehen wollte. Ich schaute aus dem Fenster. Vor dem Haus stand der weiße Mercedes. Es hatte aufgehört zu regnen, und der Doktor war ausgestiegen und lief auf dem Gehweg hin und her. Er rauchte eine Zigarette und schien nervös zu sein.

Ich hatte alles gepackt, aber ich ging nicht hinunter. Ich blieb am Fenster stehen und schaute hinaus. Der Doktor lief hin und her. Er warf die Kippe auf die Straße und zündete sich eine zweite Zigarette an. Einmal schaute er hoch zu mir, aber hinter den Gardinen konnte er mich nicht sehen. Er wartete wohl eine halbe Stunde, dann stieg er in den alten Mercedes und fuhr davon.

Ich dachte an den Abend, an dem ich Dr. Kennedy kennengelernt hatte. Nachdem er gegangen war, saß ich allein an meinem Tisch. Ich trank mein Bier und wartete, ich wußte nicht, worauf. Dann tauchte im Lärm eine Melodie auf. Einer der Musiker hatte angefangen zu spielen, die anderen stimmten ein. Die Gespräche der Gäste wurden leiser und verstummten endlich ganz.

Die Musik war zugleich traurig und fröhlich, wehmütig und doch bewegt und voller Kraft. Sie erfüllte den Raum und hörte nicht auf. Die jüngeren Spieler, Kinder noch, packten irgendwann ihre Instrumente zusammen und gingen, aber die anderen spielten weiter, neue kamen hinzu und setzten sich in die Lücken, die im Kreis entstanden waren. Als der Trommler ging, reichte er Terry seine Trommel, und jetzt spielte auch er mit, scheu zuerst, dann immer sicherer. Unter den Musikern erkannte ich den alten Mann, der vorher mit den Kindern gesungen hatte. Er spielte Geige. Sein Gesicht war sehr ernst.

Ich stand am Fenster der Pension und schaute hinaus. Am Himmel zogen Wolken vorüber, schnell und ständig ihre Form verändernd. Sie zogen nach Westen über die Insel und hinaus auf den Atlantik. Lange stand ich so und dachte an die Musik und an den alten Mann und daran, was er zu den Kindern gesagt hatte. Ihr müßt die Frage stellen und die Antwort geben. Es ist dasselbe.

Das Experiment

Ich lernte Chris auf einem Basketballfeld kennen, weit oben in Manhattan. Immer spielten da junge Männer aus dem Viertel, und jeder kam, wann er wollte, und spielte mit, bis er müde war. Chris war der einzige Weiße, den ich dort jemals traf. Spielte er mit, wollte er Mannschaften bilden, zählte die Körbe und rief dazwischen, wenn jemand den Ball zu lange behielt.

War ich müde, setzte ich mich in den Schatten der Bäume am Rande des Spielfelds und schaute den anderen zu. Einmal setzte Chris sich neben mich und fragte, ob ich in der Nachbarschaft wohnte. Wir redeten ein wenig und verstanden uns ganz gut, und als ich sagte, daß ich ein Zimmer suchte, bot er mir an, zu ihm zu ziehen. Er habe sich von seiner Freundin getrennt, sagte er, er suche einen Untermieter.

Wir wohnten einige Zeit zusammen, ohne viel voneinander zu sehen. Dann verliebte sich Chris auf einer Party an der Universität. Er erzählte es mir noch in derselben Nacht. Ich hatte schon geschlafen. Es war nach Mitternacht, als er mich weckte.

»Ich habe mich verliebt«, sagte er.

»Schön«, sagte ich, »kann ich jetzt weiterschlafen?«

»Eine Inderin, Yotslana. Sie hat das schönste schwarze Haar, das du dir vorstellen kannst. Und Augen...«

Am Abend darauf sprachen wir von Frauen und von der Liebe. Chris schwärmte von seiner Yotslana, und vielleicht, weil er mich damit reizte, behauptete ich, wahre Liebe sollte nie körperlich sein. Das Körperliche verderbe alles, es öffne einem die Augen und zerstöre die ideale, geistige Liebe.

»Die eine große Liebe sollte man sich erhalten«, sagte ich, »sie darf sich nie erfüllen. Man könnte daneben andere Beziehungen haben, man könnte sogar mit einer anderen Frau zusammenleben.«

Chris hörte schweigend zu. In den kommenden Wochen war er nachdenklich. Er erzählte nicht mehr von Yotslana. Er traf sie gelegentlich und kam an diesen Abenden spät nach Hause. Als es Herbst wurde, zog ich nach Chicago. Chris half mir, meine Sachen zu packen, und brachte mich zum Bahnhof.

»Wie geht es deiner Inderin?« fragte ich.

»Wir lieben uns. Sie zieht bei mir ein. Sie hat Ärger mit ihren Eltern, und das Zimmer ist ja jetzt frei.«

»Viel Glück«, sagte ich und versprach, ihn im Frühling zu besuchen.

In Chicago wohnte ich bei einem jungen Paar in

einer großen Wohnung im Süden der Stadt. Sie war Tänzerin, er Fotograf. Er stammte aus Brasilien, und die beiden hatten geheiratet, damit er im Land bleiben konnte. Er sei schwul, erklärte die Tänzerin gleich am ersten Abend, aber sie hätten sich wirklich gern, vielleicht mehr als andere Paare, weil sie nichts voneinander erwarteten. Manchmal komme er zu ihr ins Bett am Sonntagmorgen, dann sei er wie ein Kind.

Der Winter war sehr kalt, aber unsere Wohnung war hell und gemütlich. Nelson, der Freund des Fotografen, kam fast jeden Abend, und wenn die beiden im Schlafzimmer verschwanden, lachte die Tänzerin, und ich stellte die Musik lauter. Wir lebten jeder für sich, kochten nur manchmal abends zusammen und hörten Klaviermusik von Chopin und Ravel. Und manchmal lagen wir am Sonntagmorgen zu dritt oder viert nebeneinander auf dem großen Bett der Tänzerin, tranken Tee und schauten uns im Fernsehen alte *Star Trek*-Folgen an.

Im Frühling fuhr ich für zwei Wochen nach New York. Ich hatte Chris angerufen. Er hatte gesagt, ich könne bei ihnen wohnen, bei ihm und Yotslana.
Es war Abend, als ich ankam. Chris öffnete die Tür. »Schade«, sagte er, »Yotslana übernachtet bei einem Freund. Aber morgen wirst du sie kennenlernen.«

Wir kochten und sprachen vom letzten Sommer, und ich erzählte von meiner Zeit in Chicago, von meinen Vermietern und vom eisigen Wind in der Stadt. Chris schien ungeduldig, mir etwas zu erzählen. Als wir zusammen das Geschirr abwuschen, sagte er unvermittelt: »Yotslana und ich ... wir schlafen nicht miteinander.«

Ich wußte nicht, was ich sagen sollte. Chris nahm zwei Dosen Bier aus dem Kühlschrank, und wir setzten uns ins Wohnzimmer. Es brannte nur die kleine Leselampe auf dem Schreibtisch. Überall im Raum lagen Stapel von Büchern.

»Wir lieben uns«, sagte er. »Ich habe noch nie eine Frau so geliebt. Aber wir schlafen nicht miteinander.«

»Ihr wohnt hier so nah aufeinander und...«

Chris stand auf, ging mit schnellen Schritten zum Bücherregal, das fast im Dunkeln lag. Er drehte sich zu mir um.

»Wir schlafen im selben Bett«, sagte er und lachte. »Es bringt mich um. Wir berühren uns nicht. Es ist ein Experiment.«

Wir schwiegen. Als Chris weitersprach, konnte ich sein Gesicht nur undeutlich sehen.

»Du hast mich auf die Idee gebracht. Nur so kann man die Liebe retten vor dem Alltag, vor der Gewohnheit.«

»Das war ein Gedankenexperiment. Ich habe nie daran geglaubt. Mein Gott! Es ist verrückt.«

»Doch«, sagte Chris, »es funktioniert. Wir lieben uns wie am ersten Tag.«

Am nächsten Morgen traf ich Yotslana. Sie mußte nach Hause gekommen sein, während ich schlief. Sie hatte geduscht und trug einen kurzen Bademantel und war so schön, wie Chris sie beschrieben hatte. Sie saß am Küchentisch und las in einem Buch. Ich stellte mich vor.

»Chris ist schon an der Uni«, sagte Yotslana. »Es gibt Kaffee.«

Ich setzte mich ihr gegenüber. Sie sagte nicht viel, schaute mich nur prüfend an. Wir tranken Kaffee.

Dann ging Yotslana ins Schlafzimmer, und ich verließ die Wohnung und fuhr ins Zentrum.

Ich verstand mich gut mit Yotslana. Sie war nicht oft an der Uni, und wir gingen an manchen Tagen im nahen Park spazieren und redeten über alles mögliche. Manchmal hängte sie sich bei mir ein und sprach über Chris, über Dinge, die sie an ihm störten. Daß er so stur sei und ein Pedant, daß er alles so ernst nehme.

»Er ist ein Theoretiker«, sagte sie, »ein Kopfmensch. Ich bin ganz anders. Ein Bauchmensch.«

Als ich mich an einem der folgenden Morgen ra-

sierte, kam Yotslana ins Badezimmer. Sie zog sich
hinter meinem Rücken aus. Ich sah sie im Spiegel,
sah ihren nackten Rücken, die Schultern, die ziemlich breit waren, und ihren schlanken Hals, als sie
ihr Haar hochsteckte. Sie drehte sich um. Unsere
Blicke begegneten sich im Spiegel, und Yotslana
lächelte und stieg in die alte Badewanne, um zu
duschen. Ich rasierte mich schnell zu Ende, aber da
schaute sie schon hinter dem Duschvorhang hervor
und sagte: »Reichst du mir das Handtuch?«
Sie nahm mir das Tuch aus den Händen, stieg aus
der Badewanne und trocknete sich ab.

»Indien muß ein sehr schönes Land sein«, sagte ich.
Sie lachte und nahm die große Lubriderm-Flasche
vom Fenstersims und begann, sich einzucremen.
Ich war zur Tür gegangen, aber sie hörte nicht auf,
mit mir zu reden. Ich schaute irgendwohin, auf
meine Hände, zur Decke. Dann warf Yotslana mir
das feuchte Handtuch zu. Sie schwieg jetzt, und ich
setzte mich auf die Toilette und schaute ihr zu. Sie
rieb sich die Arme ein, die Brüste, den Bauch und
die Oberschenkel. Sie setzte sich auf den Rand der
Wanne und cremte sich sorgfältig die Füße ein,
jede einzelne Zehe.

»Reibst du mir den Rücken ein?« fragte sie, trat vor
mich hin, drückte mir die Flasche in die Hand und
drehte sich um.

Ich stand auf. Ich rieb ihren Hals ein, die Schultern, den Rücken, das Kreuz. Ich strich über ihre Taille, ihre Hüften, ihren Hintern und betrachtete dabei mehr meine Hände als ihren Körper. Yotslana drehte sich um, und meine Hände bewegten sich weiter, glitten über ihren Körper, gefolgt und dann gelenkt von ihren Händen. Dann war es nur noch eine Hand. Yotslana hatte sie geführt und dann losgelassen. Sie stützte sich auf das Waschbecken und schloß die Augen.

Als die Seifenschale zu Boden fiel und mit einem Knall zerbrach, lachte Yotslana auf, legte ihre Hand auf meine, hob sie hoch und küßte meine Finger.

»Du riechst nach mir.«

»Wenn Chris kommt...«

»Das hätte dir früher einfallen können.«

Später duschten wir zusammen, und ich trocknete Yotslana ab mit dem Handtuch, das noch feucht war.

»Wollen wir zusammen essen gehen?« fragte ich.

»Keine Zeit«, sagte sie. »Ich habe eine Verabredung um zwölf.«

Am Nachmittag ging ich zum Basketballfeld, aber niemand war da. Es hatte in den letzten Tagen oft geregnet, und auf dem Asphaltplatz lag das Laub vom vergangenen Herbst. Ich kam erst in die Wohnung zurück, als es schon dunkel war. Chris kochte. Er fragte mich, ob ich mit ihm essen wolle.

»Yotslana übernachtet bei einem Freund«, sagte er.
»Wie gefällt sie dir?«
»Sie ist sehr schön«, sagte ich. Ich schämte mich.
Wir tranken viel Bier an diesem Abend. Wie in alten Zeiten, sagte Chris.
»Geht das gut mit dir und Yotslana? Irgendwann muß ja mal was passieren, daß einer von euch...« Chris zuckte mit den Achseln.

Einige Tage darauf kam ich früher als sonst aus der Stadt. Ich war seit dem Morgen unterwegs gewesen. Es regnete, und als der Regen nach dem Mittag stärker wurde, entschloß ich mich, nach Hause zu gehen. Yotslana war nicht da. Ich hörte Stimmen und Gelächter aus dem Schlafzimmer. Ich ging in die Küche und machte Kaffee. Da kam Chris mit einer Frau herein. Er trug nur Jeans, sie nur ein langes T-Shirt. Wir tranken zu dritt Kaffee. Dann zog die Frau sich an und ging. Chris sagte, ich solle Yotslana nichts davon erzählen.
»Sie kennt Meg von der Uni«, sagte er.
»Meg?« fragte ich.
»Nicht mein Typ, aber ganz süß. Yotslana findet sie unausstehlich.«
Ich war erleichtert.
Yotslana benahm sich seltsam in diesen Tagen. Wenn Chris da war, wechselte sie mit ihm verliebte

Blicke, aber kaum war er weg, kam sie zu mir, umarmte mich und ließ sich von mir umarmen.

Es hatte wieder geregnet, den ganzen Nachmittag lang, und wir lagen nebeneinander auf meinem Bett. Ich lag auf dem Rücken, Yotslana auf dem Bauch. Wir teilten uns eine Dose Bier. Ich berührte Yotslanas nackte Schulterblätter mit der eiskalten Dose und fuhr ihr damit am Rückgrat entlang. Sie drehte sich um, nahm mir die Dose aus der Hand und stellte sie sich auf den Bauch.

»Könntest du dir vorstellen, in Chicago zu leben?« fragte ich.

»Nein«, sagte sie, »Chicago ist zu kalt.«

»New York ist auch kalt.«

»Außerdem studiere ich hier.«

»Ich könnte nach New York zurückkommen...«

»Nein«, sagte Yotslana ärgerlich. Sie drückte mir die Bierdose in die Hand, stand auf und ging ins Badezimmer.

»Ich liebe dich«, rief ich ihr nach. Ich kam mir lächerlich vor.

Yotslana gab keine Antwort. Ich hörte, wie sie duschte und etwas später die Wohnung verließ.

An meinem letzten Abend in der Stadt kochte ich für Chris und Yotslana. Beim Kaffee sagte ich: »Ich liebe Yotslana.«

Chris schaute mich lächelnd an.

»Du bist verrückt«, sagte Yotslana.

»Wir haben miteinander geschlafen«, sagte ich, ohne sie zu beachten. Chris seufzte und zuckte mit den Achseln. Yotslana wollte seine Hand nehmen. Dann verschränkte sie die Arme und lehnte sich weit auf dem Stuhl zurück.

»Die Seifenschale«, sagte Chris und schüttelte den Kopf.

»Chris hat mit Meg...«, sagte ich.

»Meg?« sagte Yotslana und lächelte spöttisch.

Chris hob verlegen die Hände und ließ sie wieder sinken.

»Mein Gott«, sagte er. »Ich bin auch nur ein Mensch.«

»Was ist denn mit euch los«, sagte ich. Ich war wütend. »Ich liebe Yotslana!«

Yotslana trank ihren Kaffee und sagte: »Zwei Körper prallen aufeinander und entfernen sich wieder.«

»Das war deine Idee«, sagte Chris. »Daß man mit der Frau, die man liebt, nicht schlafen soll. Wir haben lange darüber nachgedacht. Und es funktioniert. Nur verlieben sich immer alle in Yotslana.«

»Wenn ich einmal mit einem Mann ins Bett gehe, meint er gleich, ich will ihn heiraten«, sagte sie.

»Chris hat es da einfacher. Frauen sind nicht so emotional.«

Ich hörte nicht zu und sagte nur: »Yotslana, ich liebe dich!«
Sie legte mir ihre Hand auf den Arm.
»Ich mag dich«, sagte sie. »Du bist anders als Chris. So romantisch.«
»Yotslana hat sich ein bißchen in dich verliebt«, sagte Chris. »Ich habe ihr geraten, mit dir zu schlafen. Damit das aufhört.«

Der Kuß

Sie hatte dem Vater angeboten, ihn in Basel abzuholen. Soweit komme es noch, hatte er gesagt. Er sei kein Kind, sei nicht das erstemal allein unterwegs. Sie konnte sich nicht erinnern, daß er jemals allein unterwegs gewesen war. Sie hatte sich auf dem Bahnhof die Züge herausschreiben lassen und dem Vater einen Reiseplan geschickt: Umsteigen in Frankfurt und Basel. Um 12.48 Uhr kommst du an. Wenn ich nicht da bin, warte im Bahnhofsbuffet. Ich komme dann schon.
Nimm ein Schlafwagenabteil. Wie sie das gesagt hatte. Sie selbst war im Liegewagen in die Schweiz gereist. Aber das war nichts für alte Männer, nichts für ihn. Das hatte sie nicht gesagt. Sie hatte gesagt: Du leistest dir ja sonst nichts. Wenn du schon einmal kommst. Du kannst bei mir schlafen, dann sparst du das Zimmer.
Er hatte, seit sie ein Baby war, nicht mehr mit ihr im selben Raum geschlafen. Da hatten sie nur drei Zimmer gehabt und einen Gasofen. Nachts war Mette aufgestanden und hatte das Kind gestillt, und er

hatte getan, als schlafe er. Wie konnte man ein Kind Inger nennen? Als sie älter wurde, gewöhnte er sich daran. Aber daß dieser winzige Mensch schon Inger hieß. Hundert Namen hatte er für sie gehabt, nur diesen einen nicht.

Wäre sie nicht gelegentlich nach Hause gefahren, sie hätten sich überhaupt nie gesehen. Zur Beerdigung der Mutter fuhr sie heim und nach Weihnachten, als die Wirtin das Restaurant für zwei Wochen schloß und in Ägypten Urlaub machte. Warum besuchte er sie nie? Sie hatte ihn bitten müssen: Komm doch mal. Du hast doch jetzt Zeit genug. Sie komme doch gern heim, sagte er. Ich komme deinetwegen. Und sie wartete darauf, daß er sagte: Meinetwegen mußt du nicht kommen. Er hatte schon den Mund aufgemacht, aber er sagte nichts.

Er war nie allein unterwegs gewesen. Er hatte jung geheiratet, vorher hatte er kein Geld gehabt für Reisen und nachher erst recht nicht. Damals blieb man, wo man war. Später fuhren sie alle zusammen in den Urlaub, nach Italien oder Spanien. Als die Kinder älter waren, wollten sie nicht mehr mit, und er fuhr mit Mette allein. Sie machten eine Donaufahrt, und einmal besuchten sie den Christkindlesmarkt in Nürnberg. Seit Mette gestorben war, seit sie tot war, fuhr er nicht mehr weg.

Der Bahnhof war ihm fremd um diese Zeit. Der

Nachtzug aus Kopenhagen hielt nur kurz. Er war der einzige Passagier, der zustieg. Der Schaffner fragte, wohin er wolle. Er ließ ihn erst einsteigen, als er die Fahrkarte gesehen hatte. Dann war er plötzlich sehr freundlich. Wann soll ich Sie wecken? Wünschen Sie noch etwas? Kaffee? Bier? Ein Sandwich? Hunger hatte er nicht. Er war viel zu früh am Bahnhof gewesen und hatte einen Hot dog gegessen. Er war nervös. Er ging in den Speisewagen. Der Schaffner schloß das Abteil mit dem Schlüssel.

Bei ihrer dritten Fahrt hatte Inger schon gewußt, wie alles ging. Sie nahm eine der oberen Pritschen. Dort war es wärmer als unten, aber man war geschützt. Sie teilte das Abteil mit zwei jungen Männern, die zu einem Fußballspiel fuhren, und mit einer Frau in praktischen Kleidern. Die drei waren schon seit Kopenhagen im Zug. Die Männer standen auf dem Gang und tranken Bier und rauchten, die Frau lernte sie erst am nächsten Morgen kennen. Sie hätte ihre Mutter sein können.

Er trank ein Bier, dann noch eines. An einem Tisch saß eine Gruppe Jugendlicher. Sie fuhren zu einer Messe in Frankfurt und waren guter Laune. Er dachte an seinen Koffer, der im verschlossenen Abteil stand. Er hatte Hering in Currysauce dabei und Remoulade und Salzlakritz. Er wußte, was Inger mochte. Als sie von zu Hause wegging, war Mette schon krank gewesen. Mama ist krank, mehr hatte er nicht gesagt. Und Inger hatte geschwiegen und war gefahren.

Mama war krank. Als sei das ein Grund, daheim zu bleiben. Es war ein Grund wegzugehen. Er nannte sie nur Mama, wenn er mit Inger sprach. Geh und entschuldige dich bei Mama. Mama geht es nicht gut. Mama ist krank. Manchmal hatte Inger sie einfach Mette nennen wollen wie der Vater. Selbst die Cousins und Cousinen nannten sie ja so. Aber dann hatte sie es doch nicht getan. Sie wollte keinen Streit. Als die Mutter gestorben war, wurde alles anders. Nur er merkte es nicht.

Er torkelte durch die engen Gänge der Waggons. War sein Abteil im dritten oder im vierten gewesen? Der Weg zurück ist immer kürzer, das hatte er oft gesagt zu Inger, wenn sie am Sonntag spazierengingen. Der Weg zurück war immer kürzer. Aber Inger wollte nicht zurück. Inger wollte weiter.

Jeden Tag sah sie die Züge, hörte sie die Züge, die nach Süden fuhren, im Tunnel verschwanden. Sie würde eine Stelle in Italien finden. Sie verlangte nicht viel. Ein Zimmer und das ortsübliche Gehalt. Sie wollte Spaß haben, Menschen kennenlernen, die nichts von ihr wußten, außer dem, was sie ihnen erzählte. Und sie würde ihnen nichts erzählen. Sie wollte nicht an Odense denken, an das Haus, die

Familie. Wie sie dasaßen und über die alten Zeiten redeten und sich immer wieder dieselben Geschichten erzählten. Sie wollte weiter, nicht zurück. Alle kommen irgendwann zurück, hatte der Vater gesagt. Und gefragt, was er ihr mitbringen solle. Nichts. Hier kriegt man alles. Lakritz? Wenn du magst. Und Remoulade? Hier kriegt man alles. Hering? Sie schwieg. Was du willst, sagte sie und dachte, wenn ich etwas vermisse, wenn ich etwas vermißt habe, dann war es nicht Lakritz. Aber sie wollte keinen Streit. Solange man sich stritt, war man abhängig. Selbständig war man erst, wenn man um nichts mehr bat. Nicht einmal darum, in Ruhe gelassen zu werden. Was du willst, hatte sie gesagt. Sie hatte gesagt, nimm gute Schuhe mit. Wir gehen raus.

Das hatte er immer gesagt: Wir gehen raus. Inger wollte nicht mit. Fernsehen wollte sie, zu Hause sitzen, die Sonntage vertrödeln. Bewegung tut dir gut. Sitzen kannst du in der Schule. Aber sie wollte die endlosen Sonntage zu Hause verbringen. Manchmal beneidete er sie darum, daß sie sich wohl fühlte in diesem Haus. Er war nie gern zu Hause gewesen, und doch war er nie weggegangen.

Um 12.48 Uhr war sie noch in der Gaststube. Seit Mittag hatte sie alle paar Minuten auf die Uhr geschaut. Mußt du nicht los? fragte die Wirtin. Zum Bahnhof waren es nicht mehr als fünf Minuten, aber die Züge hier waren pünktlich. Gleich, sagte sie. Er ging bestimmt nicht ins Bahnhofsbuffet. Er würde auf dem Bahnsteig auf sie warten, würde sich nicht einmal auf eine Bank setzen. Er würde neben seinem Koffer stehen und eine Bemerkung über ihre Unpünktlichkeit machen. Es würde ihm gar nicht in den Sinn kommen, daß sie absichtlich zu spät sein könnte. Vielleicht wollte sie sich ja doch streiten.

Er stand neben dem Koffer. Er hatte ein Buch dabei. Er hätte sich setzen können und lesen, aber er ärgerte sich über ihre Unpünktlichkeit. Er wollte sich ärgern. Er ärgerte sich immer, wenn er aufgeregt war. Sie hatten sich seit drei Monaten nicht gesehen.

Drei Monate, was sind da zehn Minuten? Zwölf Minuten. Sie umarmte ihn. Seit der Beerdigung umarmten sie sich. Es war einfach so passiert. Sie mochte es, berührt zu werden. Die Hand der Wirtin um ihre Taille, beiläufig, wenn sie nebeneinander an der Theke standen. Die Hände der Männer, die sie wie zufällig streiften, wenn sie an die Tische trat. Und wenn sie sich selbst berührte. Aber den Vater zu umarmen. Es war ihr nicht wohl dabei. Er tat ihr leid, und das war ihr unangenehm.

Hier lebst du? Die Frage hatte er sich bereitgelegt, ehe er ankam, und auch den vorwurfsvollen Ton. Die Frage war: Warum kommst du nicht nach

Hause? Das Tal war düster, das Dorf häßlich, und
der Lärm der Autos hörte nicht auf. Er war überrascht, daß sich all seine Vorurteile bestätigten. Er
stellte die Frage nicht. Es war zu offensichtlich, daß
man hier nicht leben konnte. Ein Kessel war der Ort,
ein Trichter, der zum Tunnel hinführte. Siebzehn Kilometer, sagte Inger, drüben ist anderes Wetter, wird
eine andere Sprache gesprochen, ist eine andere
Welt. Drüben ist der Süden, hier ist der Norden.
Man kann auch über den Paß fahren. Der Zug war
durch viele Tunnel gekommen auf dem Weg herauf.
Die Portale sahen alle gleich aus. Wie lang der Tunnel war, wußte man erst, wenn man auf der anderen
Seite wieder herauskam.

Er grüßte die Wirtin höflich, machte einen guten
Eindruck, das war er Inger schuldig. Ein richtiger
Herr. Wie alt war er? Und was von Beruf? Und wie
gut sein Deutsch war. Er ist im Ruhestand, sagte
Inger.

Sie hatte ihn aufs Zimmer gebracht, dann war sie
wieder in die Gaststube gegangen. Wenn du magst
– aber sie wußte, daß er nicht herunterkommen
würde. Trotzdem schaute sie jedesmal zur Tür, wenn
jemand hereinkam. Er würde im Zimmer bleiben,
bis sie mit der Arbeit fertig war und ihn holte. Den
ganzen Nachmittag über dachte sie an ihn. Als sie
um sechs Feierabend hatte, war es draußen schon

dunkel. Langsam stieg sie die Treppe hoch. Sie hatte es nicht eilig. Er kam ihr plötzlich lächerlich vor, wie er dort oben saß, in dem winzigen dunklen Zimmer, und wartete. Die Wirtin hätte sie auch früher gehen lassen. Aber das wollte Inger nicht. Er sollte sehen, daß sie arbeitete, ein eigenes Leben führte, daß sie nicht auf ihn gewartet hatte.

Er hatte auf sie gewartet. Er stand mitten im Zimmer, als hätte er sich den ganzen Nachmittag über nicht von der Stelle bewegt. Er hatte sich vorbereitet. Daß seine Tochter es nötig hatte, hier zu arbeiten. Zu servieren. Sie hatte doch eine Ausbildung, einen Beruf. Wenn es des Geldes wegen ist. Es paßt mir so. Wenn es dir nicht paßt. Es war ihm, als sei das ganze Dorf ein enges, dunkles Zimmer. Und wann kommst du zurück? Ich komme nicht zurück. Was weiß ich.

Wir können einmal ins Tessin fahren, sagte sie, in den Süden. Weshalb? Weil es dort schön ist. Ist das ein Grund? Sie wußte es nicht. Sie war ja selbst noch nie hingefahren. Sie zog die Bluse aus und den schwarzen Rock und wusch sich am Waschbecken. Ob sie der Mutter glich? Es gab kaum Fotos aus ihrer Jugend. Du hast eine Tätowierung? Also schaute er sie an. Nein. Sie lachte und trat zu ihm. Das kann man abwaschen. Dann wasch es ab. Kinderkram. Warum hast du das? Eine Rose. Vom Bahnhofskiosk. Sie hatte Süßigkeiten gekauft. Salzlakritz gab es hier nicht, aber es gab andere Sachen. Gehen wir essen? fragte sie. Worauf hast du Lust? Es war ihm egal. Er fragte, ob sie hier wenigstens gut kochten. Ja, sagte sie. Aber wir gehen auswärts essen. Morgen gehen wir raus, ja? Wandern.

Sie hatte ein Feldbett ins Zimmer gestellt, in dem sie schlafen würde, solange der Vater da war. Sie schlief nicht gut. Sie hörte ihn laut atmen und sich hin und her wälzen. Als sie aufstand, um zur Toilette zu gehen, trat sie neben das Bett. Wenn er schlief, sah er älter aus, als wenn er wach war. Sie sah nicht den Vater, sie sah einen alten Mann, den welken Körper eines alten Mannes, der ihr vollkommen fremd war. Sie konnte sich nicht vorstellen, daß sie irgend etwas mit diesem Mann verband.

Er war zwei Stunden vor ihr aufgestanden, hatte sich an den Tisch gesetzt und gelesen. Sie war aufgewacht, als er aufstand, aber sie tat, als schlafe sie. An den Tagen, an denen sie Frühdienst hatte, stand sie um halb sechs auf. Um halb sieben öffnete sie das Lokal. Dann stand der Chauffeur des Postautos schon vor der Tür, der seine Ferien immer in Dänemark verbrachte und ein paar Worte Dänisch sprach. Guten Tag, wie geht es dir, ich heiße Alois, ich liebe dich. Er lachte, und sie lachte auch und korrigierte seine Aussprache. Ich liebe dich, ich liebe dich, ich liebe dich. Hin und her, bis er es richtig machte. Dann las er die Zeitung, und sie verteilte die Aschenbecher auf den Tischen.

Der Vater stand neben dem Feldbett. Wenn ich einmal freihabe, sagte sie und drehte sich um. Dann stand sie doch auf. Wir können irgendwo hinfahren. Aber er wollte wandern. Es hatte aufgehört zu regnen. Und wenn es wieder anfängt? Das machte ihm nichts aus.

Sie erzählte ihm die Geschichte von der Teufelsbrücke. Er sagte nichts. Er atmete schwer. Der Weg war schmal und steil, und er ging mit unsicheren Schritten. Als sie rasten wollte, drängte er weiter. Erst da merkte sie, daß er Angst hatte.

Sie gingen quer über einen steilen Hang. Es war ihm, als sei die Erde umgekippt, alles war schief und unsicher. Es gab keinen Punkt, an dem man sich orientieren konnte, keinen Halt. Das Geröll rutschte unter seinen Füßen. Der Weg sei kinderleicht, hatte sie gesagt. Selbst für einen Dänen. Was paßt dir nicht an Dänemark? Das ärgerte ihn. Diese Leute, die weggingen und dann nichts Gutes ließen an ihrem Land. Möchtest du denn hier leben? In diesem Loch? Sie schüttelte den Kopf. Sei doch nicht so aggressiv.

Sie ging weiter. Der Vater folgte ihr schweigend. Es

war fast Mittag, aber kaum heller geworden in der engen Schlucht. Bei der Teufelsbrücke stand ein russischer Bus. Wir können das letzte Stück auf der Straße gehen. Warum? Wenn du Mühe hast auf dem Geröll... Er hatte keine Mühe. Du hast nie Mühe, was? Du kannst alles. Du weißt alles. Du machst nie einen Fehler. Natürlich machte er Fehler. Zum Beispiel? Hierherzukommen, das war ein Fehler. Wenn du fahren willst... Er antwortete nicht. Er ging hinter ihr her, die Straße entlang, obwohl es kaum Verkehr gab.

Sie wollte nicht streiten. Sie wollte so mit dem Vater zusammensein, wie sie es als Kind gewesen war. Er war verrückt gewesen nach ihr, das hatte die Mutter oft erzählt. Aber nur, wenn er es nicht hörte. Wenn man zu reden anfing, war alles vorbei. Er war stehengeblieben. Als sie zurückschaute und ihn am Straßenrand stehen sah, wußte sie, daß sie ihm überlegen war.

In der Nacht stand sie wieder an seinem Bett. Dann legte sie sich neben ihn, vorsichtig, um ihn nicht zu wecken. Im Schlaf drehte er sich zu ihr. Er legte eine Hand auf ihre Hüfte. So lag sie still neben ihm, der jetzt ruhiger schlief. Später legte sie sich wieder auf das Feldbett. Am nächsten Morgen fragte sie ihn, ob er geträumt habe. Er sagte, er träume nie. Sie sagte, alle Menschen träumen.

Das Wetter war besser. Was wollen wir machen? Wir können ein Stück weit mit dem Zug fahren und dann... Aber er wollte wieder durch die Schlucht. Warum? Da waren wir doch gestern schon. Warum nicht? Diesmal ging er voran. Er schien sich jetzt sicherer zu fühlen. Manchmal sah man beim Aufstieg die Eisenbahnlinie, und einmal führte der Weg über ein Straßenviadukt. Dort konnte man ganz dicht an den Abgrund treten und hinunterschauen.

Inger! rief er, geh nicht so nah ran. Er war nie vorher in den Bergen gewesen, hatte keine Vorstellung von Bergen gehabt. Auf den Bildern, die er kannte, waren sie nur immer in der Ferne zu sehen, als Horizont und klein im Verhältnis. Die Alpen sind entstanden, als Europa und Afrika zusammenstießen. Du brauchst mir die Alpen nicht zu erklären. Du wirst nie hierhergehören. Und wenn ich einen Menschen finde und heirate? Es ist dein Leben. Ja? Er dachte nach. Hast du Freunde hier? Hast du einen Freund? Warum nicht?

Warum nicht? Sie dachte nach. Sie wollte keinen Freund. Die beiläufigen Berührungen genügten ihr. Sie wollte ja nicht hierbleiben. Wenn der Tunnel nicht gewesen wäre, sie wäre längst davongelaufen. Jede Stunde fuhr ein Zug in den Süden. Einmal würde sie in einen der Züge steigen. Wenn du willst, sagte sie, fahren wir morgen ins Tessin.

Als sie ihr Ziel schon fast erreicht hatten, gingen sie nebeneinander auf der Fahrradspur. Er erzählte etwas. Als Kind hast du ein Stück Pappe mit einer Wäscheklammer an deinem Fahrrad befestigt, das griff in die Speichen. Es hat geknattert wie ein Motorrad. Du warst so stolz und konntest nicht aufhören. Ich habe dich bestraft. Nachher tat es mir leid. Sie konnte sich nicht erinnern. Es war nicht nur dieses eine Mal. Vielleicht war ich ja auch schwierig? Aber du warst ein Kind. Wie meinst du das? Er schwieg, und eigentlich wollte sie gar nicht wissen, wie er es gemeint hatte. Es genügte ihr, daß sie neben ihm ging.

Er hatte dieselben Fehler gemacht wie sein Vater. Daß ihm das jetzt erst auffiel. Aber Fehler machten alle. Es hatte keinen Sinn, davon zu reden, darüber nachzudenken. Sie hatte es vergessen, und auch er sollte es vergessen. Er wußte nicht, weshalb er ausgerechnet jetzt daran dachte.

Wenn du nicht müde bist? Sie gingen weiter als am Vortag. Das Gelände wurde flach, und der Weg führte über eine Weide. Als sie das nächste Dorf schon fast erreicht hatten, fing es an zu regnen. An der Straße gab es eine verlassene Tankstelle. Dort stellten sie sich unter. Das Wetter kann hier sehr schnell umschlagen, sagte Inger. Manchmal schneit es im Sommer. Ist dir nicht kalt? Ein Kombi hielt an der Tankstelle. Ein Mann stieg aus. Auf der Rückbank saßen drei Kinder. Eines wischte die beschlagene Scheibe ab. Es starrte Inger an. Dann streckte es ihr die Zunge heraus. Der Mann hatte getankt. Er stieg ein und fuhr davon.

Inger war nicht beliebt gewesen als Kind, sie hatte nie herausgefunden, weshalb. Sie hatte sich um Freunde bemüht, aber sie hatte nie viele gehabt. Du hast dich aufgespielt, sagte der Vater. Du wolltest immer im Mittelpunkt stehen. Manchmal hast du mich rasend gemacht. Inger hatte sich immer als Opfer gesehen. Es ist gut, sagte sie, erwachsen zu sein. Weil man in Ruhe gelassen wird. Weil man niemandem Rechenschaft schuldig ist. Erzähl mir von Mama. Wie sie war, als ihr geheiratet habt. Ach, sagte er.

Der Chauffeur des Postautos hatte Inger gesehen und angehalten. Willst du mitfahren? Das ist mein Vater. Das ist Alois. Sie fuhren bis zur Paßhöhe mit. Dort stand der Bus zwanzig Minuten, und Alois probierte seine Sätze aus an Inger und ihrem Vater. Er sagte: Guten Tag, wie geht es dir, ich heiße Alois. Ich hätte gerne eine Tasse Kaffee. Und dann in seiner Sprache: Wollt ihr nicht mit nach Airolo fahren? Inger schüttelte den Kopf. Ein andermal. Vielleicht morgen.

Sie nahm den Vater an der Hand, und nebeneinander rannten sie durch den Regen zum Hospiz. Es war kalt hier oben, und er war nur im Hemd. Frierst du nicht? Komm, wir trinken einen Tee. Auf dem Weg zurück hustete er. Er wollte ihre Jacke nicht nehmen, da legte sie sie ihm einfach um die Schultern. Einen Moment lang ließ sie den Arm liegen.

Am Abend hatte er Fieber. Als sie ihm die Hand auf die Stirn legen wollte, drehte er den Kopf weg. Es ist nichts. Sie aßen unten im Restaurant. Er hatte keinen Appetit, und als er vor ihr die Treppe hochstieg, torkelte er, als sei er betrunken. Jetzt schlief er, und sie saß am Tisch und las in einer Zeitschrift, die er ihr mitgebracht hatte. Sie stellte sich vor: Er ist das Kind, ich bin die Mutter. Er ist krank. Sie trat ans Bett, legte ihm die Hand auf die Stirn. Er wirkte hilflos. Aber was konnte sie tun? Sie stellte sich vor: Wenn er zu Hause krank wird, ist niemand da, der ihn pflegt. Sie sah ihn im Pyjama durchs Haus gehen. Er übergab sich im Badezimmer, er wusch sich, er ging in die Küche und kochte Tee. Er hatte das Licht nicht angemacht, er wußte ja, wo alles war. Inger löschte die Nachttischlampe und legte sich neben ihn ins Bett. Lange lag sie so, dann küßte sie ihn sanft auf den Mund. In diesem Augenblick war sie bereit, ihm alles zu verzeihen.

Als er aufwachte, war sie eingeschlafen. Er war nicht erstaunt, sie neben sich im Bett zu finden. Er nahm ihre Hand, die auf dem Laken lag. Im wenigen

Licht, das von draußen hereindrang, sah er ihr Gesicht nur schemenhaft. Er schaute sie lange an. Sie glich ihrer Mutter. Aber das war so lange her. Vielleicht bildete er es sich nur ein, vielleicht träumte er. Als er wieder aufwachte, war es Morgen. Inger stand am Waschbecken. Er war froh, daß sie nicht neben ihm lag. Er hätte nicht gewußt, was sagen. Inger? sagte er. Sie wandte sich zu ihm um. Fühlst du dich besser? Ja, sagte er und lächelte. Wenn du magst, fahren wir in den Süden.
Er redete leiser als sonst, sie verstand ihn kaum. Als sie sich wusch, hörte sie ihn aufstehen. Er trat ans Fenster und öffnete es. Kühle Luft drang herein. Sie wußte nicht, warum sie ausgerechnet jetzt und zum erstenmal an seinen Tod denken mußte.

Peter Stamm, geb. 1963 in Weinfelden. Studierte nach einer kaufmännischen Lehre einige Semester Anglistik, Psychologie und Psychopathologie. Längere Aufenthalte in Paris, New York und Skandinavien. Lebt in Zürich und Winterthur. Seit 1990 freier Autor und Journalist, schreibt u. a. für die *Neue Zürcher Zeitung*. Mehrere Hörspiele für Radio DRS, Radio Bremen, SWR und WDR sowie Theaterstücke. Bei Arche erschienen: *Agnes*. Roman (1998), *Blitzeis*. Erzählungen (1999) und *Ungefähre Landschaft*. Roman (2001). Verschiedene Literaturpreise und Stipendien, u. a. Rauriser Literaturpreis (1999), Rheingau Literaturpreis (2000), Preis der Schweizerischen Schillerstiftung (2002).

Editorische Notiz
Die ganze Nacht erschien im Januar 2001 in der Zeitschrift *Literaturen*, *Wie ein Kind, wie ein Engel* im November 2001 in der *Neuen Luzerner Zeitung*, *Der Aufenthalt* in: *Beste deutsche Erzähler*, hg. von Verena Auffermann, München: Deutsche Verlags-Anstalt 2000. *Deep Furrows* erschien im August 2002 in slowenischer Übersetzung in der Tageszeitung *Delo*. Die Erzählungen wurden für diesen Band überarbeitet.

Peter Stamm im Arche Verlag

Ungefähre Landschaft
Roman
192 Seiten. Gebunden

»Eine wunderbare, wunderbar leicht hinskizzierte Reise.« *Urs Jenny, Der Spiegel*
»In dieser Lakonie, der Nähe zu seiner Figur, erreicht der Roman eine Aufrichtigkeit und Glaubwürdigkeit, die zeigen, wie selten diese Eigenschaften in der Literatur geworden sind.«
Roland Koch, Literaturen
»In einem Stil artistischer Kunstlosigkeit erzählt Peter Stamm von den Wunderlichkeiten des normalen Lebens.«
Friedmar Apel, Frankfurter Allgemeine Zeitung

Peter Stamm im Arche Verlag

Agnes
Roman
160 Seiten. Gebunden

»Kaum zu glauben, daß ›Agnes‹ ein Debütroman sein soll. Da gibt es kein schiefes Bild, keinen falschen Vergleich, kein Adjektiv als bloß schmückendes Attribut, kein Wort zuviel oder zuwenig. Peter Stamms Prosa ist bei aller vorsätzlichen Schmucklosigkeit vollkommen geschmeidig – also vollkommen.« *Peter Hamm, Focus*
»Was genau den Reiz dieses verstörenden Debütromans ausmacht, ist schwer zu sagen. Vielleicht die Person Agnes, ihre Aura von Melancholie und Einsamkeit, die einen nicht mehr losläßt. Vielleicht auch die bittere und nur zu wahre Erkenntnis, daß zuwenig Liebe töten kann.« *Christa von Bernuth, Brigitte*
»Eine wunderbar ökonomische, unaffektierte, ins Herz schießende Prosa.« *Facts*

Peter Stamm im Arche Verlag

Blitzeis
Erzählungen
144 Seiten. Gebunden

»Blitzeis – das ist eine der ganz wenigen Metaphern, die sich Peter Stamm in seinen ebenso karg instrumentierten wie heftig aufstörenden Erzählungen vom sparsamen, selbstbezüglichen Leben gestattet.«
Wolfgang Werth, Süddeutsche Zeitung
»Peter Stamm versteht sich auf erzählerische Ökonomie. Sie verbindet sich mit allen Vorzügen seiner Prosa zu einer nur selten erreichten Meisterschaft.«
Andreas Nentwich, Neue Zürcher Zeitung
»Vor allem aber bekennt er sich mit seiner ebenso strengen wie lässig-lakonischen, detailgenauen Sprache zur Tradition großer amerikanischer Erzähler wie Raymond Carver und Richard Ford.«
Hubert Spiegel, Frankfurter Allgemeine Zeitung
»Der Autor hat mich sehr, sehr beeindruckt.«
Marcel Reich-Ranicki